Aux Éditions Alain Bargain

Dans la collection
ENQUÊTES ET SUSPENSE :

Annie Le Coz
- Les Maudits de Kérogan *(épuisé)*
- Plumes sèches à Beg-Meil
- Quimper sonne les cloches
- "Caval" à Saint-Guénolé
- "Clap" de fin à Langolen *(épuisé)*
- Mortelle Bigoudène
- Braquages en Cornouaille

Françoise Le Mer
- Colin-maillard à Ouessant
- La Lame du Tarot
- Le Faucheur du Menez-Hom
- L'Oiseau noir de Plogonnec
- Blues Bigouden *à l'Île-Chevalier*
- Les Santons de Granite rose
- Les Ombres de Morgat
- Le Mulon rouge de Gu...
- L'Ange de Groix
- Buffet froid à Pouldre...

Michèle Corfdir
- Le Crabe
- Mortel Hiver sur le Tri...
- Chasse à corps à Bréha...
- Larmes de fond *(épuisé)*
- Vent contraire
  à Loguivy-de-la-Mer
- Herbes amères à Belle-Isle-en-Terre
- Il court, il court, le furet des Abers
- Fest-Noz sur le Nil

Chaix d'Est-Ange
- La filière d'Arradon
- La petite dame de Locminé
- Ratissage dans le golfe
- L'Écluse de Malestroit
- Copie conforme à Larmor-Baden
- Les Truands de Saint-Goustan
- Coup de barre à Étel
- Vilaine affaire à La Roche-Bernard
- Perfusion à Quiberon
- Le Passager de Lann-Bihoué

Martine Le Pensec
- Onde de choc sur Fermanville
- Angoisse sur Penmarc'h
- Lumière noire sur la Penfeld
- Printemps funeste à Brest
- Treizième lune à Concarneau

Gisèle Guillo
- Dernier rendez-vous à Vannes
- Du Léman au Morbihan *(épuisé)*
- Tempête à Quiberon
- La Belle de Carnac
- Le Saigneur de Quimper
- Vol de pigeons à Arradon
- Cash-cash au Crouesty
- Le Diable noir de Saint-Cado

Anne-Solen Kerbrat-Personnic
- "Mi Amor" à Rochefort
- Jour maudit à l'Île-Tudy
- Bordeaux voit rouge

Firmin Le Bourhis
- La neige venait de l'Ouest *(épuisé)*
- Les Disp... perlé

W0210763

...rnoët
...y

- Drôle de chantier à Saint-Nazaire
- Poitiers, l'affaire du Parc
- Embrouilles briochines
- La Demoiselle du Guilvinec
- Jeu de quilles en Pays Guérandais
- Concarneau, affaire classée

Serge Le Gall
- La secte de l'Aven *(épuisé)*
- Sables mouvants à Bénodet
- La Douarneniste
  et le Commissaire
- Corps-mort à l'Île-de-Batz
- Traque noire à Audierne
- Fugue mortelle en RÉ
- Le moine rouge de Carantec
- La Sirène de Port Haliguen
- Coup fourré dans les Monts d'Arrée
- Vagues à lames à Noirmoutier

Bernard Larhant
- Quimper sur le gril

Bernard David-Cavaz
- Traboules
- La Fille de Sein

Aux Éditions Alain Bargain

Dans la collection

ENQUÊTES ET SUSPENSE :

Lise Tiffanneau-Midy
- Sortie de route en Anjou
- Vengeance sur la Corniche Angevine
- Un Justicier à Trélazé

Simone Ansquer
- Téviec, le Secret
- Aux tours de La Rochelle
- Grain de sable à Saint-Pierre-Quiberon

Solenn Colléter
- Lettres de sang sur la Côte Sauvage

Marie-Françoise Marchal
- Frissons en Morbihan *(épuisé)*

Anne-Soizic Loirat
- Lorient l'interdite

Christophe Chaplais
- Pâté de Corbeau aux amandes amères
- Le calisson jusqu'à la lie
- Farz aux herbes de Portsall
- Addition salée au Croisic
- Salade russe aux noix de Grenoble
- Fourchette mortelle à Chinon

Jean-Pierre Farines
- Brume sur la Presqu'île
- La route de Rocamadour

Patrick Bent
- Erquy profite le crime
- Le macchabée du Val-André
- Saint-Cast priez pour eux !
- Hécatombe à Saint-Malo
- Nuit noire à Dinard

Jean-Pierre Bathany
- Camaret au Vitriol
- Double Je Nantais
- Été show à La Baule
- La Veuve Noire de Pornic
- Maudit Blues à Nantes

Philippe-Michel Dillies
- Meurtres à Monnaie
- Chasse à Tours
- Train d'enfer pour Saint-Pierre-des-Corps
- Les roses noires de Chartres
- Du raisiné à Vouvray
- Partie truquée à Descartes
- Embrouille à Amboise

Stéphane Jaffrézic
- Chili-Concarneau
- Ville bleue et beaux dégâts
- Disparitions en Pays Fouesnantais
- Tri Yann Tro Breizh

Jean-Pierre Le Marc
- Matin rouge au Guilvinec
- Soirées noires à Penmarc'h
- Double vie à Loctudy *(épuisé)*
- Signes de sang à Lesconil
- L'Héritier des Trépassés

Hervé Huguen
- Dernier concert à Vannes

Michel Courat
- Ça meurt sec à Locquirec
- Marée rouge à Plestin-Les-Grèves

Jacques Caouder
- L'Occise des Landes
- L'Évadée de Brennilis
- Le Mort de Brest-Les Abers *(épuisé)*
- La Troménie noire
- Rumeurs mortelles à St-Renan *(épuisé)*

Sylvain Pettinotti
- Manzini ou "L'art des choix"
- Réactions en chaîne en Isère

Christophe Gontard
- Dernière danse en Trièves

Bernard Morin
- Trahison à Guerlédan

Jean-Jacques Gourvenec
- Chasse au congre à Lannilis
- Scénario macabre à Saint-Pabu
- Sortilèges au Conquet

Cédric Labb
- Les Démons du Midi
- Les Muses de Savoie

Alex Nicol
- Mystères en Finistère
- Ça bombarde chez les Bigoudens
- Mise en Bière à Sainte-Marine
- Le Tsar de Bénodet

Bruno Ségalotti
- Filouteries en Côtes-d'Armor *(épuisé)*
- La Phalange de l'Argoat
- Breizh Connection *(épuisé)*

BRAQUAGES en Cornouaille

Aux Éditions Alain Bargain

Dans la collection
ENQUÊTES ET SUSPENSE :

Yves Horeau
- Une retraite pas très spirituelle *(épuisé)*

Jérôme Lucereau
- Anévrisme *(épuisé)*
- Chef-d'œuvre meurtrier à Lorient *(épuisé)*
- L'affaire Callac *(épuisé)*

Jean-Luc Le Pache
- Bréhat-culpa *(épuisé)*

René Le Clech
- Baston chez les voileux *(épuisé)*

Michel Renouard
- La Java des voyous *(épuisé)*
- Les castrats de Bombay *(épuisé)*
- Requiem sur le campus *(épuisé)*
- Le bouillon de minuit *(épuisé)*
- La farine du Diable *(épuisé)*
- La Vénus de Malifeu *(épuisé)*

Luc Calvez
- Le fils du Tigre *(épuisé)*
- Les Graffeurs du Ponant

Philippe Lepeuple
- Samba ni loi en pays nantais
- Poulets de Brest *La mauvaise farce* *(épuisé)*

Jean-Christophe Pinpin
- Qui voit Groix voit sa croix
- Qui voit Sein voit sa fin *(épuisé)*
- Qui voit Ouessant voit son sang
- Qui voit Belle-Ile voit son île *(épuisé)*
- Qui voit Molène voit sa peine
- Toulouse au bout du siècle *(épuisé)*
- Traque à Hoëdic *(épuisé)*

Patrice Rousseau
- Le faussaire de Pont-l'Abbé *(épuisé)*

Aux Éditions Alain Bargain

Dans la collection ***POL'ART :***

Serge Le Gall
- Sombre dessein à Pont-Aven
- Meurtres du côté de chez Proust
- Eaux-fortes à Sainte-Marine
- Ciel rouge au Pouldu

Loïc Gourvennec
- Le râle du basson

Yves Horeau
- Monsieur Butterfly *(épuisé)*

Renée Bonneau
- Nature morte à Giverny *(épuisé)*
- Séquence fatale à Dinard *(épuisé)*
- Sanguine sur la Butte *(épuisé)*

Stéphane Jaffrézic
- Toiles de fond à Concarneau
- Le Rubis de Châteauneuf-du-Faou

Cet ouvrage de pure fiction n'a d'autre ambition que de distraire le lecteur. Les événements relatés ainsi que les propos, les sentiments et les comportements des divers protagonistes n'ont aucun lien, ni de près, ni de loin, avec la réalité, et ont été imaginés de toutes pièces pour les besoins de l'intrigue. Toute ressemblance avec des personnes ou des situations existant ou ayant existé serait pure coïncidence.

La loi du 11 mars 1957 n'autorisant, aux termes des alinéas 2 et 3 de l'Article 41, d'une part, que les *copies ou reproductions strictement réservées à l'usage privé du copiste et non destinées à une utilisation collective*, et, d'autre part, que les analyses et les courtes citations dans un but d'exemple et d'illustration, *toute représentation ou reproduction intégrale ou partielle, faite sans le consentement de l'auteur et de l'éditeur ou de leurs ayants-droit ou ayants-cause, est illicite* (alinéa 1er de l'Article 40).
Cette représentation ou reproduction, par quelque procédé que ce soit, constituerait donc une contrefaçon sanctionnée par les Articles 425 et suivants du Code Pénal.

2009 - © Quadri Signe - Editions Alain Bargain

Annie LE COZ

BRAQUAGES en Cornouaille

Collection

ENQUÊTES & SUSPENSE

Quadri Signe - Editions Alain Bargain
125, Vieille Route de Rosporden - 29000 Quimper
E-mail : editions.alain.bargain@orange.fr
Site Internet : http://pagesperso-orange.fr/editions.bargain

REMERCIEMENTS

Merci Nicole et Fred, pour votre disponibilité et vos bons conseils, chacun dans votre domaine.

I

Il était rentré ; fatigué, mais pas au point de se vautrer dans le canapé dont le tissu déteint et usé trahissait les longues heures que son propriétaire y passait. Il se dirigea dans un coin de la pièce après avoir jeté négligemment sa veste sur les coussins enfoncés. Là, debout, se tenait son instrument. Paul le prit et le regarda comme s'il le tenait pour la première fois. Il l'avait rapporté d'un voyage en Australie, voyage dont il n'avait pas gardé que de bons souvenirs. L'instrument, lui, faisait partie des bons moments.

Il emballa le long tuyau d'eucalyptus sculpté dans une housse adaptée, sortit de chez lui et monta à bord de son 4x4, avec cet air coupable de celui qui n'a que 500 mètres à faire. Mais il se déculpabilisa très vite en se disant qu'il irait faire quelques courses après avoir joué de la musique.

Il sortit de son 4x4. Le soleil commençait sa lente descente vers l'horizon et les promeneurs se raréfiaient. Il quitta le chemin des douaniers et se retrouva dans les rochers polis par la mer. Portant le didgeridoo en travers du dos, Paul se déplaça de roche en roche à la recherche d'une anfractuosité différente de la dernière fois.

L'ayant enfin dénichée, il sortit l'instrument de son étui. Il souffla dedans – un coup pour rien – puis s'assit et posa l'extrémité la plus large dans le creux des rochers.

Cela faisait une demi-heure qu'il jouait de sa trompe du bout du monde avec le bruit des vagues en fond sonore, quand il perçut une présence. Le vent lui avait apporté les effluves d'un parfum féminin. Paul ouvrit les yeux – il jouait toujours les yeux fermés – et les leva vers les premiers rochers qui faisaient suite au chemin. Une jeune femme s'était assise et avait croisé les bras autour de ses genoux. Unique auditrice de son concert, elle découvrait des sons jusque-là inconnus.

Il continua son morceau, modulant son souffle et son rythme, ainsi qu'il avait vu les aborigènes le faire. Quand il l'eut achevé, il but quelques gorgées d'eau au goulot de la bouteille qu'il avait emportée. Elle profita de cet intermède pour quitter sa place et le rejoindre en s'aidant des mains pour se déplacer entre les rochers.

— Bonjour !

— Bonsoir.

— Oui… bonsoir… c'est vrai que la lumière a bien baissé.

Il lui sourit brièvement.

— C'est la première fois que j'entends de tels sons, poursuivit-elle. Ce n'est pas un instrument courant, n'est-ce pas ?

Il ignora sa réflexion.

— Je vous dérange, je crois...

— Un peu, oui.

— Excusez-moi. Je vous laisse.

Elle se retira et regagna le sentier tandis que Paul se remettait à jouer.

La nuit allait l'envelopper quand il s'arrêta. Des nuages venant de l'ouest approchaient, poussés par le vent qui se levait. De l'autre côté de la baie, le phare s'était allumé et envoyait ses pinceaux lumineux vers le large. Paul se déplia et rangea l'instrument. En quelques souples enjambées, il retrouva le chemin de terre et de sable. Il télécommanda l'ouverture de sa voiture qui clignota. Le didgeridoo soigneusement déposé sur la banquette arrière, il se mit au volant et démarra. La radio de bord s'alluma sur un programme de musique classique qui fit bientôt place au flash d'informations.

*

Il coupa le moteur de son 4x4 et soupira. Il avait mis plus de temps que prévu au supermarché. Et maintenant, il fallait encore ranger les diverses denrées à leur place : les surgelés au congélateur, l'épicerie dans les placards, le liquide dans la cave moderne qu'il s'était offerte dernièrement.

Lorsqu'il eut fini, il ferma sa porte et rangea son compagnon en bois exotique. Un détour par la chambre pour enfiler un chandail et retour au salon où il monologua :

— Bon, mon petit Paulo, si je te payais un petit verre, qu'en penserais-tu ?

— Ma foi, ce n'est pas de refus.

— Whisky ?

— Pas ce soir.

— Alors, quoi ?

— Et si tu débouchais une bonne bouteille de Bourgogne, pour une fois ? se proposa-t-il.

— Va pour un Bourgogne !

Il ouvrit la porte de sa cave, caressa des yeux des étiquettes de grands crus, avant que ses doigts ne se posent sur une bouteille de Nuits-Saint-Georges.

— Nuits-Saint-Georges ? Eh bien, mon cher, tu ne te refuses rien !

— Et pourquoi le ferais-je ? On n'a que le bon temps qu'on se donne !

Paul n'avait pas pour habitude de parler tout seul, hormis les jours – et surtout les soirs – où la solitude lui pesait de trop. Comme à ce moment-là.

Il prit le tire-bouchon et l'enfonça lentement dans le liège. Il débouchait consciencieusement sa bouteille lorsqu'on sonna.

— J'arrive ! cria-t-il en abandonnant la bouteille sur une table.

Il prit le temps de humer le bouchon avant d'aller ouvrir.

— Vous ? fit-il en reconnaissant la jeune femme des rochers.

— Si vous me voyez…

— Que puis-je pour vous ?

— Me dépanner, mais si je vous dérange…

— J'allais juste boire un verre.

Au bout d'un moment qu'elle jugea suffisant pour qu'il l'ait détaillée, elle demanda :

— Alors, vous venez m'aider ou vous restez planté, là ?

— Vous êtes pressée ?

— En général, ce sont les citrons que l'on presse…

— Vous avez de l'humour…

— Il en faut en face d'un homme qui ne vous a même pas proposé d'entrer !

— Pourquoi ce ton agressif ? Je ne vous ai rien fait.

— Justement, vous ne faites rien ! Je suis venue demander de l'aide et…

— Ah oui ! Excusez-moi.

— Croyez bien que si on m'avait répondu là où j'ai sonné, je ne serais pas venue jusque chez vous.

— C'est logique. Bon, qu'est-ce qu'elle a votre bagnole ?

— Si je le savais ! Elle a fait « touf, touf » et puis, plus rien. J'aurais dû être rentrée depuis une heure. De plus, ce n'est pas ma voiture.

— Bon, allons voir. Où est-elle ?

— À cinq ou six cents mètres, environ, répondit-elle en allumant sa lampe-torche.

Ils arrivèrent au véhicule et elle ouvrit la portière pour s'installer à l'intérieur.

— Mettez le contact, ordonna-t-il.

Rien ne se produisit en dehors du bruit du démarreur.

— Je vous ouvre le capot ? Tenez, prenez la pile, sinon vous ne verrez rien.

La tête sous le capot, Paul promena le faisceau de la lampe sur les divers organes du moteur tandis qu'elle faisait un nouvel essai de démarrage.

— Vous voyez quelque chose ?

— Le moteur.

— Évidemment, le moteur, et heureusement encore ! Vous avez de ces réponses !

— Vous avez de ces questions ! lui répliqua-t-il en revenant à la portière.

— Quand je vous demandais si vous voyiez quelque chose, cela sous-entendait quelque chose d'anormal !

— J'avais compris.

— Oh, vous alors !

— Au lieu de râler, remettez donc le contact.

Il se pencha dans l'habitacle sombre, éclaira le tableau de bord et regarda les divers voyants.

— Je parie que vous avez essayé de démarrer la voiture plusieurs fois.

— Ben, oui, admit-elle.

Paul ressortit.

— Alors ? Vous ne faites rien ?

— Que voulez-vous que je fasse ?

— Comment ?

— Il n'y a rien à faire.

— Comment ça ?

— Regardez la jauge, elle indique que vous n'avez plus d'essence.

— Plus d'essence ! Mais… mais, l'aiguille est toujours dans cette position.

Paul partit d'un grand éclat de rire.

— Ha, ha, ha, ha ! C'est bien la première fois qu'on me fait le coup de la panne de cette façon !

— Et ça vous fait rire ! s'indigna-t-elle.

— Vous ne pensez quand même pas que je vais me mettre à pleurer.

— Ce n'est pas drôle !

— Oh si ! En plus, vous avez déchargé la batterie en essayant de démarrer.

— Arrêtez de vous moquer de moi !

Il s'éloigna de la voiture en continuant à rire.

— Où allez-vous ? cria-t-elle.

— Chez moi.

— Revenez ! Monsieur Forestier !

— Vous savez mon nom ? s'étonna-t-il en pivotant sur lui-même.

— Il est écrit sous le bouton de votre sonnette, il faudrait que je sois illettrée ou aveugle pour ne pas le lire, répliqua-t-elle en verrouillant la portière.

— Et vous n'êtes ni l'un ni l'autre…

Elle rattrapa Paul.

— Je pourrai téléphoner de chez vous ?

— Vous n'avez pas de téléphone mobile ?

— Si, mais… heu… il est déchargé, lui aussi.

— Ah !

Il pressa le pas.

— Pourquoi marchez-vous si vite ? Attendez-moi ! Et merde, voilà la pluie !

— Dépêchez-vous, vous allez être trempée.

Il avait pris quelques pas d'avance quand il entendit un cri, suivi d'une bordée de jurons.

— Aïe ! Merde ! Fait chier ! Merde !

— Alors, vous venez ?

— Ça va, j'arrive !

Cent mètres plus loin, alors qu'il marchait dix pas devant elle, un hurlement déchira l'obscurité.

— Qu'est-ce qu'il y a encore ?

— Je suis tombée.

— Eh bien, relevez-vous !

— Je… je ne peux pas…

Cette fois, le ton avait changé. Il crut déceler des pleurs dans sa voix étranglée. Alors il revint sur ses pas, jusqu'à la lampe-torche dont la lumière avait faibli.

— Allez, debout, lui ordonna-t-il en la prenant par le coude.

— Aïe ! Aïe !

— Vous avez mal ?

— Je dis ça pour le plaisir, vous croyez ? Aïe ! Punaise, ça fait mal !

— Bon, on y va.

Comme s'il s'était agi d'une plume, il la souleva.

*

Il la déposa dans l'entrée où elle s'adossa contre le mur.

— Merci.

— Déshabillez-vous.

— Quoi ! Vous n'êtes pas bien ? Moi, me déshabiller devant un inconnu ! Et quoi encore !

— Obéissez, sinon vous allez prendre froid.

Lui-même retira son pull-over qu'il portait à même la peau et défit son jean en partant à la salle de bains. Il reparut dans un jean sec, une chemise de flanelle ouverte sur le torse.

— Qu'attendez-vous pour retirer vos vêtements ? Tenez, je vous ai apporté une serviette et un peignoir. Allez, ôtez-moi ça.

— C'est que…

— Oh ! Madame veut sans doute faire ça à l'abri de mon regard… D'accord, la salle de bains est par ici, dit-il en désignant la porte.

Elle passa devant lui en sautant à cloche-pied et en lui jetant un :

— Trop aimable !

Cinq minutes plus tard, elle sortit de la salle de bains en peignoir. Paul lui proposa le bras pour lui faire gagner le canapé.

— Je ne sais toujours pas qui vous êtes, dit-il. Comment vous appelez-vous ?

— Tina Mars.

— Enchanté, mademoiselle Tina Mars.

— Qu'est-ce qui vous dit que je ne suis pas mariée ?

— Pas d'alliance. Bon, montrez-moi votre cheville.

Avec précaution, il examina l'articulation qui avait doublé de volume.

— Jolie foulure.

— Aïe !

— Excusez-moi. Je vous ai à peine touchée. Ne bougez pas, je vais chercher de la glace.

— Vous pouvez me passer le téléphone ? C'est pour la voiture…

— Oubliez donc votre voiture, il fera jour demain, dit-il de la cuisine.

— Quoi ! Mais… mais, je ne vais pas rester là !

— Tenez, mettez déjà ça sur votre cheville. Je vais fouiller mon armoire à pharmacie.

— Mais… Paul ! Paul !

— Oui, je crois que j'ai le nécessaire, lui cria-t-il de la salle de bains.

Tina dut attendre son retour avant de réclamer à nouveau le téléphone.

— Il faut que je donne un coup de fil.

— À qui ?

— Ça ne vous regarde pas.

— Tout ce qui se passe sous mon toit me regarde.

— Oh, vous alors !

— Vous l'avez déjà dit, tout à l'heure.

— Aïe ! Espèce de brute ! Vous me faites mal !

— Tenez, avalez donc ça, ça soulagera la douleur.

— Non.

— Allons, ne soyez pas stupide et prenez ces cachets.

— Et si je les avale, vous me donnerez le téléphone ?

Il hocha la tête et se mit en devoir de bander la cheville de Tina. Du vrai travail de secouriste.

— Voilà, je les ai pris.

— Bien. Vous aimez le vin ? Je venais d'ouvrir ce Nuits-Saint-Georges quand vous avez sonné…

— Et le téléphone ?

— D'abord le vin, d'accord ? Car si je ne verse pas ce nectar dans les verres qui s'imposent, son arôme n'aura pas le temps de se réveiller.

— Vous êtes impossible, il n'y a que votre vin qui compte.

— Vous feriez bien de vous calmer un peu avant que je ne décide de vous jeter dehors.

— Vous oseriez ?

— Vous voulez parier ?

Leurs regards s'affrontèrent un moment, puis Paul sortit des verres du buffet et versa religieusement le vin dedans.

— Tenez, voici le téléphone.

— Enfin ! Ce n'est pas trop tôt !

— Vous pourriez dire merci…

Elle haussa les épaules et composa un numéro.

— Vous n'avez eu que son répondeur ? interrogea Paul lorsqu'elle raccrocha.

— Oui.

— Drôle de mec que vous avez. D'abord, il vous prête une voiture dont la jauge est nase, ensuite, vu l'heure qu'il est, il n'est même pas à la maison.

— L'heure qu'il est ? Mais… quelle heure est-il ?

— Vingt et une heures. Si vous voulez mon avis…

— Je ne vous le demande pas, coupa sèchement Tina, et je n'en ai rien à foutre !

Cependant, quand elle consulta la pendule du salon, Paul devina qu'elle se posait des questions. Elle ne s'était sûrement pas attendue à entendre le répondeur et, visiblement, elle en était contrariée.

— Vous aimez la saucisse sèche ?

— Comment ?

— Ça, vous aimez ? la questionna-t-il en commençant à découper des rondelles de saucisse.

— Oh ! Oui, oui…

— Et le fromage ?

— Aussi.

Tina avait répondu distraitement. Paul revint de la cuisine avec une baguette de pain et un assortiment de fromages posé sur une assiette. Il s'assit près de Tina.

— Alors, mademoiselle Tina Mars, si nous faisions un peu connaissance…

— Pardon ?

— Je vous l'ai dit tout à l'heure, tout ce qui se passe sous mon toit m'intéresse, et je n'ai pas pour habitude de prêter mon peignoir à n'importe qui sans savoir à qui j'ai affaire. Je pense que c'est normal, non ?

Il lui tendit l'un des deux verres et prit l'autre. Après s'être renversé contre le dossier du canapé, il fit tourner légèrement le vin, approcha le verre de son nez et ferma les yeux.

— Hum ! Quelle merveille ! s'extasia-t-il. Sentez-moi ça comme ça sent bon !

— Ça sent le vin.

— Sentez mieux, lui conseilla Paul. Vous découvrirez des parfums de fruits rouges.

Elle fit mine de s'exécuter, mais il ne fut pas dupe.

— Bon, ce n'est pas grave, mais c'est dommage.

— Qu'est-ce qui est dommage ?

Il ignora sa question et prit une gorgée de vin qu'il fit tourner dans sa bouche pour en découvrir ses subtilités.

— Je savais qu'il était bon, jubila-t-il. Bon ? Que dis-je, c'est un délice des papilles !

Pendant quelques instants, Paul concentra son attention sur son Nuits-Saint-Georges pour oublier l'agressivité latente de Tina, laquelle avalait deux bouchées de fromage du Cantal après une rondelle de saucisse. Quand elle eut fini son fromage, elle avala une gorgée de vin, puis une autre, et reposa son verre.

— Alors, qu'en pensez-vous ?

— De votre vin ?

— Oui.

— Il se laisse boire, mais j'avoue ne pas connaître grand-chose dans ce domaine.

Paul la regarda, se retenant de lui demander dans quel domaine elle connaissait quelque chose. Bien sûr, la mécanique n'en faisait pas partie, et, apparemment, le vin non plus.

— Je suis guide touristique, commença-t-elle. Aujourd'hui, le groupe que j'accompagnais, a repris le car pour Paris. J'avais donc mon après-midi libre et j'ai pris la voiture pour venir ici. Après avoir arpenté les rues de Quimper et piétiné dans la cathédrale, j'ai eu envie de changer d'air. Je n'aime déjà pas beaucoup l'odeur de l'encens, mais quand une femme dont la veste sent l'antimite se presse contre moi parce que la pile de son sonotone est usée, j'ai la nausée.

— Je comprends, fit-il avec un petit sourire en coin.

— Vous permettez que je rappelle Laurent ?

— Faites.

Tandis qu'elle téléphonait, Paul reversa un peu de vin dans leurs verres.

— C'était encore le répondeur, soupira-t-elle en reposant le combiné. Il faut que je rentre. Puis-je vous demander de me ramener à Quimper ?

— Demandez toujours, mais je crains que ce soit impossible.

— Pourquoi ? Le 4x4 qui est devant la maison n'est pas à vous ?

— Si.

— Eh bien, alors, qu'attendez-vous pour vous lever de votre fauteuil, prendre votre clef et me conduire ?

— Demain matin, peut-être…

— Quoi ! Demain matin ? Mais… vous n'y songez pas !

— Oh si ! Avec ce que j'ai bu, je dépasse certainement le taux maximal autorisé d'alcoolémie. Appelez un taxi si vous tenez absolument à rentrer.

— Je n'ai pas assez d'argent.

Paul regarda Tina un instant et récapitula :

— Alors, panne de voiture, batterie de téléphone à plat, et pas un sou en poche ! C'est la totale, ce soir, dites-moi !

— Oh, ça suffit, arrêtez vos sarcasmes !

Paul vida son verre, se leva et fouilla son portefeuille.

— J'ai un peu d'espèces, mais pas assez pour payer une course de nuit. Donc, la question est réglée. En plus, dans cette tenue… je ne voudrais pas être désobligeant, mais vous pourriez vous faire arrêter pour attentat à la pudeur.

— Oh !

— Bien, je vais vous prêter mon lit.

— Je refuse de dormir avec vous !

— Qui vous a parlé de ça ? À moins que vous ne vouliez réaliser un quelconque fantasme…

— Mes fantasmes ne regardent que moi et, si vous voulez le savoir, vous n'êtes pas mon type de mec !

— Eh bien, tant mieux ! Comme ça, je suis tranquille, vous ne viendrez pas me déranger au milieu de la nuit.

Paul la souleva du canapé et traversa la moitié de la maison pour emmener Tina à sa chambre. Il la déposa près du lit et alluma la lampe de chevet, puis il rabattit un coin de la couette.

— Voilà, vous n'avez plus qu'à vous coucher. Bonsoir, Tina.

Paul ferma la porte du salon et se déshabilla. Il était presque minuit quand il s'installa en chien de fusil dans le canapé, un coussin calé sous la tête, et qu'il se recouvrit du duvet.

Dehors, la pluie avait redoublé et ses gouttes martelaient le pavage de la terrasse.

Il remonta le duvet jusqu'à son front, ne laissant dépasser que le haut de ses cheveux châtains. Ainsi couvert, il se laissa bercer et ne tarda pas à s'endormir.

*

Dans le lit de Paul, Tina essayait en vain de trouver le sommeil.

Non seulement sa cheville lui faisait de nouveau mal, mais elle pensait à Laurent. Elle ralluma la lampe de chevet et repoussa la couette. Le réveil indiquait une heure du matin.

Elle se mit debout et renoua les liens du peignoir. Puis, s'aidant des quelques meubles de la pièce, elle progressa en serrant les dents et en tendant l'oreille.

Le silence était total, même dehors où la pluie avait cessé.

Laissant la porte de la chambre ouverte, elle se dirigea vers la salle de bains. Elle tâtonna un instant à la recherche de l'interrupteur et l'actionna. L'armoire à pharmacie surplombait le lavabo. Elle en ouvrit la porte et fit l'inventaire de son contenu. Ce fut rapide. Un tube d'aspirine, un flacon de désinfectant, une boîte de pansements, un tube de pommade anti-inflammatoire – celui-là même qu'il avait employé pour la cheville enflée – et une boîte de cachets contre les acidités gastriques.

« Où a-t-il foutu ses cachets ? » pensa-t-elle. « Ah ! Peut-être dans la cuisine… Allons voir. »

Elle reprit son déplacement à cloche-pied vers la cuisine.

Hélas, son pied blessé heurta un objet qu'elle n'avait pas vu.

— Aïe ! Merde ! Qu'est-ce que ce machin foutait là ?

En réponse à sa question, la voix de Paul s'éleva.

— Qu'est-ce que c'est que ce bordel ?

— C'est moi, je cherche les cachets que vous m'avez donnés tout à l'heure.

— Ils sont ici, au salon.

— Zut, lâcha Tina, j'aurais dû m'en douter.

Elle allait ouvrir la porte du salon quand la stature de Paul s'inscrivit dans son encadrement.

— Je… je…

— Je sais, vous ne vouliez pas me réveiller, mais vous l'avez fait.

— C'est ma faute, à moi, si tout traîne dans votre baraque ?

— À part vous, je ne vois pas ce qui traîne ici.

— Votre truc, là, dans lequel je me suis cogné le pied.

— Oh, vous parlez du pot de ma plante verte !

— Vous avez une plante verte, vous ?

— Ben oui, pourquoi ? C'est si extraordinaire que ça d'en avoir chez soi ?

— Où sont les cachets ?

— Vous ne les voyez pas sur le buffet ?

— Je vous prends toute la boîte, je vous la remplacerai.

— D'accord. Bonne nuit.

— Comme si ma nuit pouvait être bonne ! N'importe quoi ! Je souffre, je suis chez un inconnu, et il me souhaite une bonne nuit ! Je vous jure, il y a des moments… Et merde !

Elle venait de se cogner contre un meuble en se déplaçant. Paul s'esclaffa, malgré lui.

— Ça suffit ! explosa Tina. J'en ai assez de vos moqueries à mes dépens ! Assez !

— Je vais vous ramener au lit.

— Non, fichez-moi la paix !

— Dans ce cas, je vous laisse et je retourne dans mon canapé.

Il était au seuil de la chambre quand il se retourna et ajouta :

— Si vous avez besoin de quelque chose, appelez, je viendrai.

*

Tina était retournée sous la couette. Elle entendit Paul tapoter son oreiller, puis plus rien : il avait dû se rendormir.

Elle sortit le bras droit du lit et prit son téléphone posé sur le chevet. Elle l'alluma, composa son code PIN : l'appareil était prêt à fonctionner.

Elle patienta encore une demi-heure, puis se releva. Son expédition précédente lui avait permis un ultime repérage. Il ne restait plus qu'à expédier un MMS.

Cela ne lui prit pas plus de deux minutes, après quoi, elle repartit se coucher.

La nuit se dissipa, faisant place à une journée qui s'annonçait ensoleillée. Paul ouvrit les yeux et se déplia du canapé, quelque peu ankylosé. Il s'étira, puis ouvrit la baie vitrée. L'air frais du matin entra dans la pièce.

En se frottant énergiquement le cuir chevelu d'une main, de l'autre, il ouvrit un placard. Il déplaça un paquet de nouilles et attrapa la boîte à café. Elle était légère dans sa main, mais, après vérification, il y aurait suffisamment de mouture pour faire deux bols de café et même trois. Son petit-déjeuner fini, il partit sous la douche, puis se rasa et retourna se vêtir au salon.

— Bon, maintenant que je suis prêt, je vais la réveiller, soliloqua-t-il devant la porte de la chambre.

Et il frappa trois fois avant de pousser la porte.

— Debout, Tina !

— Hein ? Quoi ?

— Le café est en train de refroidir, dit-il en poussant les volets. Et il fait beau !

— Ça va, ça va, j'ai compris !

Dix minutes plus tard, Tina s'asseyait devant un bol de café et une tartine beurrée.

Et quand elle eut fini, elle remercia Paul et sortit.

— Hé ! Où allez-vous ?

— Ben... chercher de l'essence !

— Vous ne voulez pas que je vous y conduise ?

— Ben...

— Allez, montez !

*

Le 4x4 s’éloigna, suivi par deux paires d’yeux cachées derrière des lunettes de soleil.

— Ça ne devrait pas poser de problème.

— Non.

— Ce soir ?

— Ou demain. Il faut voir.

II

— Bonjour monsieur Forestier.

— Bonjour monsieur Martin. Alors, vous êtes descendu de Paris pour profiter du grand air ?

— Oui. Il ne nous reste plus qu'à espérer que le soleil soit de la partie.

— Le vent est passé au nord, ça devrait pouvoir se faire.

— Bon, je vous laisse. Venez donc ce soir prendre un verre à la maison, Simone sera ravie de vous voir. Vers dix-neuf heures, ça vous va ?

— Très bien.

— Alors, à ce soir !

Tandis qu'il échangeait ces quelques paroles avec son voisin occasionnel, Paul avait sorti une partie de ses achats du jour. Trois sacs dans une main, il ouvrit la porte d'entrée de l'autre. Le parfum de Tina flottait encore dans la maison.

*

Vers trois heures et demie de l'après-midi, alors qu'il somnolait au soleil dans une chaise longue, à l'abri du vent, le téléphone sonna. Il se cala encore mieux et ignora la sonnerie.

— N'avez qu'à parler à mon secrétaire particulier, moi, je ne bouge pas, je suis trop bien ici. Pour une fois que je me chauffe la couenne…

Le secrétaire particulier de Paul était, en fait, sa voix enregistrée sur le répondeur et qui débitait le message suivant : « Si Paul Forestier ne vous répond pas, c'est qu'il est occupé. Alors, soyez gentil et laissez-lui un message, il vous rappellera dès qu'il aura pris connaissance de votre appel. Merci. » Suivait le signal sonore derrière lequel le correspondant pouvait parler.

Paul sourit en pensant au début de son message, mais son sourire s'effaça quand le téléphone sonna pour la deuxième fois, cinq minutes plus tard.

— Zut, je ne bougerai pas !

Mais quand l'appareil se fit entendre pour la troisième fois, il dut se résoudre à quitter sa chaise longue pour décrocher.

— Allô !

— Ah, quand même, vous y avez mis le temps !

— Tina ! Mais… pourquoi n'avez-vous pas parlé à mon secrétaire ?

— Qui ça ?

— Non, ce n'est rien, oubliez. Alors, que me vaut cet appel ?

— J'ai perdu une boucle d'oreille et je voulais savoir si, à tout hasard, vous ne l'auriez pas vue.

— Qu'est-ce qui vous fait croire que vous l'avez perdue chez moi ?

— Vous pouvez vérifier ou pas ?

— Ça peut me demander un bon moment.

— Pourquoi ?

— Parce que vous vous êtes baladée dans toute la maison en sautillant, voilà, pourquoi.

— Je vous rappelle dans une heure, OK ?

— Non, pas OK du tout. Téléphonez-moi ce soir, vers... disons, vingt et une heures.

Et il raccrocha, décidé à profiter encore du soleil et de sa chaise longue. Il se réinstalla et sortit le bijou de la poche poitrine de sa chemise.

*

Vers dix-sept heures, le soleil se voila et contraignit Paul à quitter son rôle de chat paresseux. Il se leva et s'étira. Il avait deux heures devant lui avant d'aller chez ses voisins et quatre avant d'entendre à nouveau la voix de Tina. Il se sentit gagné par une certaine morosité à laquelle la disparition du soleil n'était pas étrangère.

L'espace d'un instant, il pensa prendre le didgeridoo et aller en jouer dans les rochers, mais il renonça et monta à son bureau.

Paul passa une heure et demie chez ses voisins. Alors qu'il mettait la main à la poche pour prendre sa clef, le téléphone sonna.

— Oui, j'arrive, j'arrive ! Merde, où est passée cette fichue clef ?

— Monsieur Forestier, vous avez oublié votre clef chez nous, fit une voix dans son dos.

— Quel distrait je fais ! Merci monsieur Martin.

À l'intérieur, le secrétaire allait finir son laïus quand il décrocha.

— Oui ?

— C'est Tina.

— Je m'en doutais.

— Alors, vous l'avez trouvée ?

— Que vous êtes impatiente ! Il n'est pas vingt et une heures.

— Oui ou non ?

— Et si je vous disais non ?

— Je pensais l'avoir perdue chez vous, dit-elle avec une pointe de déception dans la voix.

Après un court silence, elle reprit d'une voix plus ferme :

— À bien y réfléchir, je n'ai pas pu perdre ma boucle d'oreille ailleurs que chez vous. Vous êtes sûr d'avoir bien regardé partout ?

— Que suis-je censé répondre ? Oui ? Alors, c'est oui.

— Et vous ne l'avez pas trouvée ?

— Si.

— Pourquoi disiez-vous non, à l'instant ?

— Ce n'est pas ce que j'ai dit, Tina.

— Oh, vous m'embrouillez, à la fin ! Donc, vous l'avez ?

— Sous les yeux.

— Ah ! fit-elle, soulagée.

— Vous pourriez dire merci.

— Oui, merci, répliqua-t-elle assez sèchement. J'irai la chercher demain matin.

— Et votre cheville ? Comment va-t-elle ?

— C'est moins douloureux.

— Tant mieux.

— Bon, à demain !

— Bon... soir...

La fin du mot mourut sur ses lèvres, juste après que Tina eut coupé la communication. Paul resta quelque peu perplexe, puis raccrocha et partit se doucher.

Il avait enfilé son peignoir et écoutait de la musique. Un CD de musique traditionnelle australienne tournait sur sa platine laser ; il essayerait, plus tard, de s'en inspirer pour « faire chanter les cailloux ». Cette curieuse expression était sortie, un jour, de la bouche d'un enfant de six ans, tombé sous le charme du didgeridoo de Paul. Le gosse ne l'avait pas vu, caché derrière un gros rocher, et avait cru que le son venait de la pierre. Quand il eut achevé son morceau, il l'entendit dire à sa mère : « T'as entendu, maman ? Le monsieur a fait chanter les cailloux. » Il l'avait trouvée amusante, puis, à la réflexion, s'était dit que l'enfant n'avait pas tout à fait tort. Depuis ce jour, quand quelqu'un lui demandait où il allait avec son instrument, il répondait : « Je vais faire chanter les cailloux. »

Le disque s'acheva. Le téléphone sonna, il était vingt-trois heures.

— Tina ?

Mais personne ne répondit et on raccrocha. Il soupira en levant les yeux au plafond, mit son secrétaire au travail – sans trop savoir pourquoi – et partit se coucher. Avant d'éteindre la lumière, il tourna la tête de côté, vers son chevet. La boucle d'oreille étincelait sous l'éclairage de la lampe.

*

Lunettes de soleil sur le nez, Tina sortit du taxi et paya le chauffeur qui repartit immédiatement. Elle regarda autour d'elle avant de suivre la courte allée qui menait à la porte de Paul. En équilibre sur son pied valide, elle pressa plusieurs fois le bouton de la sonnette. Mais il n'y avait que le silence derrière la porte.

— Paul ! Paul, c'est moi, Tina !

Alors qu'elle collait l'oreille à la porte, une mobylette pétaradante transportant deux adolescents passa. Elle attendit que l'engin eût disparu pour renouveler ses coups de sonnette et ses appels :

— Paul, ouvrez ! C'est moi, Tina !

Une de ses cannes lui échappa. Déséquilibrée, Tina se rattrapa à la poignée de la porte qui céda.

— Tiens, c'est ouvert… Paul, vous êtes là ? demanda-t-elle en franchissant le seuil. Paul !

Toujours pas de réponse. Tina releva ses lunettes au-dessus de son front. Lorsque ses yeux furent accoutumés à l'obscurité relative de la maison, elle nota immédiatement le désordre qui y régnait : des chaises renversées, les coussins du canapé par terre ; des livres avaient glissé de deux étagères déscellées d'un mur et jonchaient le sol, et le pot de la plante verte qu'elle avait heurté était renversé. Comme en témoignaient deux rectangles de teinte plus claire, deux tableaux manquaient au-dessus du buffet.

— Paul ?

Sa voix n'était plus aussi ferme.

— Il y a quelqu'un ?

Ce fut alors qu'elle entendit un gémissement. Il provenait de la salle de bains. Elle se déplaça avec précaution au milieu du capharnaüm et atteignit la porte entrouverte qu'elle poussa du bout d'une canne. Elle découvrit le propriétaire des lieux, étendu sur le carrelage, le visage ensanglanté par une arcade sourcilière ouverte, une pommette tuméfiée.

— Paul ! Ne bougez pas, j'appelle des secours.

III

Le capitaine Paoli franchit les grilles du palais de justice. Peu d'animation en ce lundi matin. Il suivit l'allée, grimpa la volée de marches et pénétra dans le bâtiment. Aussitôt, ce fut l'ombre et il ôta ses lunettes de soleil. Il s'enfonça dans un couloir jusqu'au bureau du juge Potier. Il s'arrangea un peu, puis toqua deux coups polis.

— Entrez !

La greffière se tenait à la gauche du juge et lui tournait les intercalaires d'un parapheur.

— Bonjour madame Quiniou. Monsieur le juge…

— Bonjour Capitaine.

— Bonjour Paoli. Asseyez-vous. Accordez-moi un instant, voulez-vous ?

— Bien sûr.

Morgan Potier acheva de signer son courrier, puis le tendit à sa greffière.

— Voilà qui est fait. Bon, vous vous demandez certainement pourquoi je vous ai convoqué.

— Ma foi, oui. Mes hommes n'ont rien relevé de spécial dans les faits divers du week-end.

— Parce que les journalistes n'ont pas encore eu le temps de faire leur papier !

Les mots du parquetier suscitèrent aussitôt l'intérêt du chef de la PJ dont le regard brun s'éclaira.

— Je vous écoute.

— Vous avez probablement entendu parler de cette série de vols de voitures qui a débuté dans le département à Noël dernier.

— Oui, comme tout le monde.

— Jusqu'à présent, ils avaient opéré sans faire de victime et c'était tant mieux. Les rares fois où ils ont été surpris, ils se sont contentés, si j'ose dire, de séquestrer les propriétaires des habitations. Mais, cette fois-ci, nous avons un blessé : l'écrivain Paul Forestier.

— Quand cela s'est-il passé ?

— Ce week-end, à Beg-Meil.

— Et vous avez déjà hérité du dossier ?

— J'ai vu le procureur juste avant de vous téléphoner. Il trouve que ces affaires de home-jackings* traînent un peu trop à son goût. De plus, il doit s'absenter et son substitut est en congé. Madame Quiniou, pouvez-vous apporter les dossiers au capitaine Paoli, je vous prie ?

La greffière qui était retournée à son bureau, se leva et attrapa une caisse en carton sur une étagère voisine. Elle traversa la pièce et la posa devant Paoli.

---

*Le home-jacking, est un cambriolage avec des menaces ou des violences à l'encontre des occupants de l'habitation pour se faire remettre un moyen d'accès sécurisé vers des biens matériels (les clés d'un coffre-fort, un code de carte bancaire, des clefs de voiture etc.)

— Merci madame Quiniou. Voici tous les actes qui ont été faits, Paoli. Vous trouverez les dépositions des plaignants, les photographies des lieux ainsi que les divers relevés effectués par vos collègues de la scientifique. Comme vous pouvez le constater, cela fait une somme de travail considérable.

— Je vois.

Morgan Potier se leva, signe qu'il congédiait le chef de la PJ quimpéroise.

— Vous avez carte blanche.

— Merci. Au revoir, Monsieur le juge. Au plaisir, madame Quiniou.

— Attendez, je vous ouvre ! dit-elle en se précipitant vers la porte. Au revoir, Capitaine.

Portant le carton, Paoli sortit du palais et regagna sa voiture qu'il déverrouilla à distance. Il déposa la caisse sur la banquette arrière, ôta sa veste, se mit au volant et démarra.

Il remonta la rive droite de l'Odet jusqu'au pont Max Jacob, profita du feu vert et bifurqua vers le parking de la Résistance où il trouva aisément à se garer.

*

Assise à une table de la terrasse de L'Épée, elle avait repéré sa silhouette et le regardait venir. Lunettes de soleil sur le nez, main gauche dans la poche de son pantalon de toile claire, il avançait tranquillement.

Il arriva, le sourire aux lèvres.

— Bonjour !

— Bonjour François, répondit-elle en refermant son livre.

— Ça fait longtemps que tu es là ?

— À peine dix minutes, répondit-elle en jetant un coup d'œil à sa montre. Je t'attendais pour commander. Que prends-tu ?

— Un café.

— Garçon ! Deux cafés, s'il vous plaît !

— Tout de suite !

— Sympa de m'avoir invité à prendre un café avec toi !

— J'avais un creux entre deux rendez-vous. Et toi, d'où viens-tu ?

— Du Palais de justice. Je sortais juste du bureau du juge quand j'ai reçu ton SMS.

— Vos cafés ! annonça le garçon.

— Merci.

— Il fait bon, je resterais bien bouquiner ici, dit-elle en déballant son morceau de sucre.

— Que lis-tu ?

Elle n'eut pas le temps de répondre que, déjà, il avait saisi l'ouvrage.

— *Le désert des tourments*… C'est bien ?

— Je viens de l'acheter. C'est le dernier titre de Paul Forestier.

— Ah oui… fit François en regardant le portrait du romancier en quatrième de couverture.

— Beau mec, hein ?

François se contenta d'un de ces fameux « hon ! »

tout en pensant qu'à l'heure qu'il était, l'écrivain ne souriait pas comme sur la photo.

— Il est coté, Forestier ?

— Oui. Il a même failli avoir le prix Fémina l'année dernière.

— Ah oui, maintenant que tu me le dis...

Ils interrompirent leur conversation et burent.

— Il est passé dans une émission littéraire dernièrement. Oh la la ! Il est temps que j'y aille ! s'exclama-t-elle en vidant sa tasse.

Alors qu'elle puisait dans son sac, François sortit de la monnaie et régla l'addition.

— Mais... c'est pour moi ! Je t'ai invité...

— Ne discute pas et file donc, tu vas être en retard. Allez, va !

À peine levée, elle se pencha et lui fit un bisou.

— Merci !

*

François Paoli rentra à la PJ et se délesta de la caisse en carton sur le premier bureau venu, celui du brigadier-chef Marc Renard.

— Qu'est-ce que c'est que ça ?

— Du boulot, Marco !

— T'as récupéré ça chez le juge ?

— Oui, j'en viens.

Les lieutenants Tanguy Botrel et Amaury Verdier quittèrent leur place et approchèrent.

— Tout ce qui est là-dedans concerne les affaires de home-jackings qui ont eu lieu depuis Noël. Et le parquet veut des résultats.

— Rapides, sans doute… émit Amaury.

— Potier ne l'a pas dit explicitement, mais c'est fort probable d'autant que, cette fois, il y a une victime : le romancier Paul Forestier.

— Il a été tué ?

— Non. Passé à tabac.

— Les types n'ont jamais frappé personne jusqu'à présent, commenta Verdier.

— C'est aussi ce que Potier m'a fait remarquer.

— Ils ont peut-être changé de méthode, supposa Botrel.

— Peu probable, mais à vérifier. Tiens, Tanguy, débarrasse donc cette table qu'on y mette le contenu du carton !

La longue table en bois fut soulagée de ses chemises et de ses classeurs en peu de temps. Puis Paoli sortit un à un les dossiers entassés dans sa caisse et les aligna sur le plateau. Il y en avait douze.

— Bon, vous me reportez les lieux et dates sur cette carte, compris ?

— D'accord.

— Quand ce sera fait, plongez-vous dans la lecture des PV de plaintes et relevez les points communs. Pendant ce temps, je vais à la gendarmerie de Fouesnant récupérer le dossier Forestier.

Une vingtaine de minutes lui fut nécessaire pour atteindre sa destination.

Paoli abandonna sa voiture sur le parking extérieur de la gendarmerie et sonna à la grille. Déverrouillage à distance. Quelques pas et entrée dans le bâtiment.

— Bonjour.

— Bonjour Monsieur.

— Capitaine François Paoli de la PJ de Quimper, se présenta-t-il en sortant sa carte tricolore. Je voudrais voir le chef de brigade. C'est au sujet du vol qui a été commis chez Paul Forestier.

— Un instant…

Le gendarme se leva et disparut dans un bureau. Il revint rapidement, accompagné d'un gradé qui lui tendit la main en se présentant :

— Capitaine Simon Rossi.

— François Paoli, PJ de Quimper.

— Voulez-vous me suivre ?

Simon Rossi conduisit François Paoli à son bureau et l'invita à s'asseoir.

— Vous venez pour le vol chez Forestier, paraît-il ?

— Oui. Le procureur a fait ouvrir une information chez le juge pour tous les braquages qui ont été commis à domicile depuis Noël dernier car il semble que le mode opératoire soit le même. Et cela inclut celui de chez Paul Forestier ce week-end.

— Je vois…

Le militaire regarda le civil pendant une poignée de secondes comme s'il le jaugeait.

— En somme, vous êtes venu récupérer nos actes…

Paoli perçut de la réticence.

— J'agis sur ordre du juge, Capitaine.

*

Trois quarts d'heure plus tard, Simon Rossi et François Paoli sortirent de la voiture de gendarmerie qui les avait conduits chez Paul Forestier. Un gendarme posté en faction salua les arrivants.

Il échangea quelques paroles avec le capitaine Rossi.

— Deux voisins qui s'inquiétaient de la présence des gendarmes devant la maison, sont venus aux nouvelles. Venez.

Ils arrivèrent à la porte devant laquelle était tendu un ruban plastique.

— Il n'y a pas eu effraction, dit Rossi. Toutes les ouvertures sont intactes.

Paoli opina et suivit Rossi à l'intérieur.

Ils déambulèrent au milieu du désordre typique d'une mise à sac.

— Je suppose que vous avez pris des photos... émit Paoli en regardant partout.

— Ici et en haut.

— Savez-vous ce qui a été volé à Forestier en dehors de sa voiture ?

— Vu son état, nous n'avons pas pu l'interroger, mais, comme vous le voyez, il manque deux tableaux au mur. Et on a trouvé son portefeuille vide dans sa chambre.

— De qui étaient les toiles ?

— Nous n'en savons rien encore.

— Donc aucune idée du montant du préjudice...

— Non.

— Avez-vous relevé des empreintes ?

— Oui, bien sûr. D'après les premiers relevés, elles sont fraîches. Je vous ferai parvenir les conclusions dès que je les aurai.

— Merci. Et, sinon, des indices ?

— Rien, à part des cheveux sur les oreillers du lit et sur le canapé. Ils sont en cours d'analyse.

Ils redescendirent et allèrent à la chambre de l'écrivain. Le lit était défait, la lampe de chevet brisée par terre, la penderie vidée.

— Eh bien, en voilà, un chantier ! fit Paoli en constatant le désordre.

— Forestier a été trouvé dans sa salle de bains, mais il est fort probable qu'on l'ait attaqué ici.

— Qui a prévenu les secours ?

— Une jeune femme, du nom de Tina Mars. Vous trouverez sa déposition dans le dossier de procédure que je vous ai remis.

— Forestier lui a-t-il parlé avant d'être évacué en ambulance ?

— Non, il n'était pas en état de le faire.

Ils passèrent de la chambre à la salle de bains. Des traînées brunâtres de sang avaient séché sur le carrelage des sanitaires. Le flexible de douche serpentait au fond de la baignoire dans des coulures de gel douche et de shampooing.

— Nous avons emporté le linge de toilette aux fins de recherche d'ADN.

— Combien de jeux d'empreintes ici ?

— Deux, comme dans la chambre et le salon.

— Et dans la cuisine ?

— Un seul.

Paoli hocha la tête.

Ils finirent leur visite par un examen rapide de la cuisine et ressortirent de la maison.

— Vous avez l'air songeur, fit le gendarme au policier.

— Je pensais au visiteur de Forestier. Vous ne trouvez pas ça bizarre qu'il ait laissé ses empreintes un peu partout sauf dans la cuisine ? Comme si ce n'était pas vraiment un familier…

— Tiens, oui, c'est vrai…

— Le cambriolage a eu lieu de nuit ?

— Oui, et personne n'a rien vu ni entendu. Mais si on considère le taux d'occupation des maisons alentours, cela n'a rien d'étonnant.

— Non, en effet.

Alors qu'ils regagnaient lentement la voiture de gendarmerie, Paoli demanda encore :

— Forestier vivait-il ici à l'année ?

— Oui, depuis deux ans.

— De la famille dans la région ?

— Ses parents habitent à Plomelin, son frère à Quimper. Nous n'avons pu joindre que le frère sur son téléphone mobile, il est actuellement à Bordeaux.

IV

L'heure du déjeuner était bien avancée lorsque le capitaine Paoli ressortit de la gendarmerie. Aussi décida-t-il de manger un morceau à Fouesnant avant de rentrer sur Quimper.

Ses hommes buvaient le café dans leur petite cuisine quand il arriva.

— Il en reste, tu en veux ? proposa Marc Renard.

— Volontiers.

Il prit la tasse qu'on lui avait servie et se planta devant la grande carte murale de la Bretagne. Il ajouta une nouvelle punaise sur Beg-Meil.

— Vous avez vu ? Les villes des cambriolages sont presque toutes situées en bordure de côte.

— Tiens, c'est vrai, reconnut Paoli en suivant l'index de Tanguy Botrel. Vous avez mis le nez dans ce que je vous ai rapporté de chez Potier ?

— Tu te doutes bien qu'on n'a pas eu le temps de finir, mais on a quand même bien avancé, répondit Amaury Verdier.

— Il vous en reste beaucoup à lire ?

— La moitié… Cela dit, on peut constater que les vols ont été faits proprement. Pas d'effraction, pas d'empreintes, pas de désordre laissé dans les habitations, aucune trace de sang... Si tu veux mon avis, on n'est pas près de les coincer, ceux-là.

— Ce qui n'est pas le cas à Beg-Meil.

Et François Paoli raconta son déplacement au domicile de Paul Forestier en compagnie du capitaine Simon Rossi.

— Bon, finissez vos lectures, moi, je vais voir si je peux mettre la main sur cette Tina Mars.

— Tina Mars ? Qui est-ce ?

— La femme qui a appelé les secours.

Tandis que ses hommes se replongeaient dans la paperasse, Paoli chercha la déposition de Tina Mars. Elle avait donné un numéro de téléphone portable qu'il composa. Mais n'eut que sa messagerie à laquelle il s'adressa en priant son abonnée de le rappeler.

L'après-midi s'écoula, studieuse.

*

Deux jours plus tard, les enquêteurs de la PJ étaient réunis pour faire un premier point sur les renseignements collectés dans les investigations précédentes.

— Bien, commença Paoli, debout devant un tableau, un gros marqueur à la main. Voici ce que nous savons. En un, que les voleurs n'ont pas commis d'autres violences que la séquestration. En deux, qu'ils n'ont jamais brisé quoi que ce soit et jamais mis à sac les habitations. En trois, qu'ils n'ont laissé aucune trace derrière eux. En quatre, que leurs exactions ont été perpétrées essentiellement sur la côte.

Les trois autres hochèrent la tête en signe d'approbation.

— De ces quatre points, il n'y en a qu'un de commun avec le vol perpétré chez Paul Forestier. La maison est située à Beg-Meil, donc en bord de mer.

Nouvelle approbation.

— Concernant Forestier, deux tableaux ont disparu, mais on lui a aussi pris de l'argent. Et il s'est fait salement amoché.

— Comme s'il s'agissait d'une autre bande…

— C'est aussi mon avis, Amaury. Maintenant que ceci est établi, il faudrait voir si ladite bande a déjà officié ailleurs auparavant.

— Tu penses que les types de la deuxième bande marcheraient dans les pas de ceux de la première ?

— C'est une hypothèse de travail. Il faut vérifier.

— Mais… tu te rends compte de ce que tu nous demandes ? Ça va prendre un temps fou !

— Amaury a raison ! Et que va dire le juge Potier quand tu vas lui rapporter ça ?

— Rien.

La réponse tomba, aussi neutre que le visage de Paoli était impassible. Le silence qui s'ensuivit permit une réflexion accélérée aux trois autres. Botrel, Renard et Verdier se regardèrent.

— C'est une idée à lui, c'est ça ? comprit Tanguy Botrel.

Paoli se contenta d'un signe de tête.

Renard, Botrel et Verdier avaient beau savoir que c'était la procédure et qu'ils allaient devoir la suivre, ils furent pris de découragement devant l'ampleur de la tâche.

— Allez, au travail !

À peine Paoli avait-il dit ces mots, que le téléphone sonna. Il décrocha.

— PJ de Quimper, capitaine Paoli. Ah, mademoiselle Mars !

*

Tina Mars se présenta à la PJ à quatorze heures précises. Ce fut Paoli lui-même qui l'introduisit dans les locaux.

— Merci d'être à l'heure, Mademoiselle. Prenez place.

— Pourquoi m'avez-vous convoquée ? attaqua-t-elle aussitôt assise.

— Vous n'en avez pas la plus petite idée ?

— Paul Forestier ? fit-elle au bout d'un moment.

— Exactement.

— Mais… j'ai déjà parlé aux gendarmes de Fouesnant.

— Je sais, j'ai votre témoignage sous les yeux. Mais depuis quelques jours, c'est moi qui suis chargé de l'enquête, alors nous allons reprendre tout depuis le début. Nom, prénom, date et lieu de naissance, profession.

— Mais…

— Répondez, je vous prie.

Les yeux levés vers le néon de la pièce, Tina soupira avant de répondre. Et François enregistra ses réponses tout en les comparant avec celles qu'elle avait données aux gendarmes de Fouesnant.

— Bien, je vous écoute. Que veniez-vous faire si tôt chez monsieur Forestier ce jour-là ?

— J'avais perdu une boucle d'oreille, je venais la récupérer.

Et Tina relata la panne de voiture, sa blessure à la cheville et la soirée, puis la nuit chez Paul Forestier.

— Et quand vous avez remarqué l'absence de votre boucle d'oreille, vous avez tout de suite pensé qu'elle était chez Forestier ?

— Elle ne pouvait pas être ailleurs ! D'ailleurs, Paul l'avait retrouvée. Il me l'a confirmé au téléphone.

— Comment êtes-vous entrée chez monsieur Forestier ?

— Par la porte, tiens ! Elle était ouverte. C'est comme ça que je l'ai trouvé dans sa salle de bains.

— Êtes-vous restée avec lui en attendant les secours ?

— Oui. Je suis juste sortie pour accueillir les pompiers quand je les ai entendus arriver.

Paoli se leva et fit quelques pas. Debout à la fenêtre, il resta silencieux pendant un moment.

— Rasseyez-vous, ordonna-t-il sans se retourner.

— Mais…

— Nous n'avons pas fini, mademoiselle Mars.

— Comment ça, nous n'avons pas fini ?

Au soupir rageur qu'il entendit dans son dos, il devina qu'elle avait obéi. Il laissa s'écouler deux minutes supplémentaires, puis se rassit en face de Tina. Elle le dévisagea pendant un court instant.

— Que voulez-vous encore ?

— Vos empreintes digitales.

— Mes empreintes ? Pour quoi faire ?

— Pour les comparer à celles qui ont été relevées chez Paul Forestier.

— Ah bon…

— Mais, auparavant, veuillez relire votre déclaration et la signer, je vous prie.

Paoli décrocha son combiné et composa un numéro. Peu après, un policier de l'identité judiciaire recueillit les empreintes de Tina.

Une fois qu'elle eut nettoyé ses mains, Paoli la reconduisit à la sortie.

Il remonta en pensant à Tina Mars. Il avait perçu une agressivité latente chez la jeune femme et une sorte d'impatience. Il aurait pu mettre cela sur le compte du stress de la convocation, mais il sentait que ce n'était pas ça. Tina n'était pas du genre émotif, il l'avait senti à la poignée de main qu'il lui avait donnée à son arrivée.

— Ou je me fais des idées, ou il y a autre chose…

De retour à sa table de travail, il rappela l'identité judiciaire et demanda à ce qu'on compare les empreintes de Tina Mars avec celles relevées chez Paul Forestier. En priorité. Il lui fut répondu qu'il aurait les résultats au courant de la matinée du lendemain.

Satisfait, il composa le numéro de l'hôpital. Il dut patienter avant d'obtenir le service où avait été admis Paul Forestier.

Oui, l'écrivain allait mieux et pouvait recevoir des visites.

V

Il se renseigna à l'accueil puis se dirigea vers un ascenseur. Quelques minutes plus tard, il entra dans la chambre de l'écrivain.

— Bonjour monsieur Forestier.

— Bonjour…

— Je suis le capitaine Paoli de la PJ, se présenta-t-il en montrant sa carte professionnelle. Le juge d'instruction vient de me confier votre affaire. Pouvons-nous en parler ?

— Cela s'est passé si vite ! Mais, allez-y, posez vos questions, j'essayerai d'y répondre de mon mieux.

— Je vous remercie. Vous rappelez-vous où vous étiez quand vous vous êtes fait agresser ?

— À la porte de ma chambre. Je venais de me lever pour boire, quand j'ai distingué une ombre au salon. J'allais allumer la lumière, mais je n'en ai pas eu le temps. L'ombre m'a bondi dessus.

— Vous étiez dans le noir ?

— Pas tout à fait, j'avais allumé ma lampe de chevet.

— Il n'y avait qu'une personne ?

— Oui.

— De nuit, sans lumière… donc, vous ne pourriez pas me la décrire…

— Non, désolé. Par contre, je peux vous dire que c'était un type costaud et souple à la fois. Je n'ai même pas pu me défendre.

— Vous sortiez de votre lit, dans les vapes du sommeil, vous avez été surpris... N'importe qui à votre place aurait eu du mal à réagir.

— Pardon de vous poser cette question, Capitaine. Mais que m'a-t-il volé ?

— Votre voiture, votre argent et deux tableaux qui étaient accrochés dans votre salon-salle à manger. À propos, étaient-ce des toiles de maîtres ?

— Pas des maîtres classiques comme vous l'entendez, mais de bons artistes reconnus. Un des tableaux est de Jean Guilcher, l'autre de Bernard Morinay. J'ai découvert Jean Guilcher lors d'un voyage à Ouessant et Bernard Morinay a une galerie à Pont-Aven. Si vous en avez l'occasion, je vous conseille de leur rendre visite. Pour le plaisir des yeux.

— Revenons à votre agression, monsieur Forestier.

— Je ne peux rien vous dire de plus.

— Même en faisant un effort ?

— Je vais essayer. Que voulez-vous savoir ?

— Selon vous, le voleur vous a-t-il attaqué alors qu'il arrivait ou qu'il s'en allait ?

— Je pense qu'il venait d'arriver car les tableaux étaient encore au mur.

— Comment pouvez-vous l'affirmer puisqu'il faisait nuit ?

— Mais pas nuit noire, Capitaine. C'était la pleine lune.

— Ah ! fit Paoli en notant mentalement de vérifier le détail. Les gendarmes qui sont arrivés en même temps que les secours n'ont pas noté de traces d'effraction sur votre porte.

— Pourtant, je ferme à clef tous les soirs avant de me coucher. Peut-être ai-je oublié de le faire, cela m'arrive parfois. Pouvez-vous approcher la tablette que je puisse prendre mon verre, s'il vous plaît ?

— Bien sûr.

Il lui laissa le temps de boire, puis reprit :

— Connaissez-vous une jeune femme du nom de Tina Mars ?

— Un peu.

Et sans que Paoli eût le temps de lui demander quoi que ce soit, Forestier raconta comment il avait fait sa connaissance et comment il lui était venu en aide. Confirmant ainsi les dires de Tina Mars.

— Elle devait effectivement venir chercher sa boucle d'oreille que j'avais posée sur ma table de nuit.

— Votre chambre était sens dessus dessous lorsque je l'ai vue, annonça Paoli.

Paul Forestier se resservit un peu d'eau et la but.

— Quelle impression Tina Mars vous a-t-elle faite ?

— Elle m'a eu l'air d'une jeune femme… impatiente et un peu… culottée. Oui, un peu. Mais, à part ça, tout à fait correcte.

— Je vois. Bien, j'espère ne vous avoir pas trop importuné.

— Pas du tout, Capitaine.

— Tenez, je vous donne ma carte au cas où un détail vous reviendrait… Bon rétablissement !

Là-dessus, Paoli serra la main de Forestier et prit congé.

*

François sonna chez sa voisine.

— Ça y est, le chien a fait sa sortie et Pierre est couché.

— Je commençais à croire que tu ne viendrais pas, dit-elle en le faisant entrer.

— Désolé, je visitais une galerie de peinture en attendant que Pierre s'endorme, répondit-il en se penchant pour l'embrasser.

— Tu plaisantes ? fit-elle en fermant la porte.

— Non, je t'assure, je visitais vraiment une galerie sur Internet, répliqua-t-il en l'enlaçant.

— Tu t'intéresses à la peinture, toi, maintenant ?

— Un peu…

Marine le regarda en plissant les yeux, puis releva le nez.

— Ah, je vois ! Monsieur faisait des heures sup' !

— Ben…

— Allez, je te pardonne, dit-elle en se pendant à son cou.

Ils échangèrent un long baiser pendant lequel François délaça le caraco de Marine ; elle ne portait rien en dessous.

— Ça ressemble à de la préméditation, ça… chuchota-t-il à son oreille.

— C'en est, fit-elle, mutine, en débouclant sa ceinture.

Sans se séparer, ils se déplacèrent jusqu'au lit de Marine où ils se laissèrent tomber. Plus besoin de mots : baisers et caresses suffisaient. Ils les additionnèrent si bien à leur désir que leur plaisir monta comme une puissante lame de fond.

— Je suis mort ! lâcha François dans un souffle alors qu'ils se désunissaient.

Ce fut à cet instant qu'une sonnerie de téléphone s'éleva.

— C'est ton téléphone de boulot ? Tu es d'astreinte ?

— Non, mon mobile perso. J'ai oublié de l'éteindre, s'excusa François.

Il quitta la tiédeur du lit pour ramasser sa chemise. Le téléphone avait cessé de sonner.

— Qui est le sans-gêne qui vient de t'appeler à une heure du mat' ?

— David, répondit-il après consultation de son écran.

François écouta son répondeur. Ce qu'il entendit le mit en alerte.

— François… Qu'y a-t-il ?

VI

Le compteur de l'Audi affichait cent cinquante kilomètres à l'heure. Dans l'habitacle silencieux : François, soucieux et concentré sur sa conduite.

Pour avoir croisé David dans la journée et lui avoir parlé, il savait que son ami devait passer la soirée chez lui. C'est pourquoi il avait pris la Transbigoudène qu'il quitta pour rouler vers Combrit.

L'Audi traversa Sainte-Marine plus vite que les panneaux de limitation de vitesse ne l'y autorisaient. À deux cents mètres de chez David, François ralentit enfin. Le quartier était calme : pas de lumière aux fenêtres des maisons environnantes, rien ne bougeait.

Il s'arrêta devant chez David. La maison était plongée dans le noir, le garage était fermé. Il sortit son mobile de sa poche et vérifia ses appels. Le dernier numéro enregistré était celui du mobile de son ami, pas celui de sa ligne fixe. Il rempocha son téléphone.

— Je n'aime pas beaucoup ça, soliloqua-t-il en se penchant vers sa boîte à gants.

Il y prit une lampe-torche qu'il glissa dans une de ses poches, enfila des gants en latex – par réflexe professionnel, il en avait toujours à portée de main – et vérifia son Sig Sauer.

Il sortit de voiture et, pistolet à la main, se dirigea vers la porte. Il sonna deux coups brefs et un long, comme il le faisait chaque fois qu'il rendait visite à David. Pas de réponse. Il recommença ; même chose.

Alors, il pesa sur la poignée : la porte s'ouvrit.

Il poussa légèrement l'huis du bout de son arme et tendit l'oreille. Pas de bruit. Puis, il pénétra dans la maison. Une minute d'affût dans l'obscurité silencieuse. Pas de mouvement.

François poussa la porte et actionna l'interrupteur tout en appelant :

— David ! C'est moi, François !

Pas de réponse, un silence inquiétant. En quelques pas, François fut dans la grande pièce à vivre et l'éclaira.

— David ! appela-t-il de nouveau.

Il fit le tour des pièces en commençant par la chambre. Mais le lit était vide.

Perplexe, François revint dans la grande pièce principale et la traversa. Il allait ressortir de la maison, lorsqu'il remarqua la veste que David portait dans la journée. Sur les patères voisines, un blouson léger, une veste polaire et le ciré que David emportait à bord de son bateau. Au sol, sous les vêtements, les chaussures : mocassins, tennis, bottes, richelieus. Il ne manquait qu'une paire de mules en cuir que David enfilait dès qu'il rentrait chez lui.

Il ressortit de la maison et en fit le tour : courbé, marchant à pas de loup, arme à la main. Hormis le léger bruissement des feuilles des troènes proches, il n'y avait guère que le bruit du ressac porté par le vent pour troubler le silence environnant.

François revint à son point de départ et rangea son arme dans la ceinture de son pantalon. Se mit à réfléchir.

Au bout d'un moment, il sortit son mobile de sa poche et composa le numéro de David. N'obtint que la messagerie.

Cela eut pour effet d'augmenter son inquiétude. Où était David ? Que lui était-il arrivé ?

Il pressa la touche de son mobile lui permettant de réécouter l'appel de David. « Fran… » entendit-il. Nouvelle manipulation pour une nouvelle écoute, cette fois en retenant sa respiration. Résultat : « Fran… », qui sortait difficilement de la bouche de son ami, et… oui, un bruit sourd, mat. Encore une fois… Oui, il percevait le bruit mais rien d'autre après.

Alors qu'il quittait le perron, il tourna machinalement la tête vers le garage, comme il le faisait chaque fois qu'il repartait de chez David. Il était fermé. Rien d'extraordinaire à cela, David le fermait tous les soirs après y avoir rangé sa voiture. Sauf que là… la Golf était garée à côté du garage. Il ne l'avait pas remarquée en arrivant.

Il dirigea ses pas vers la Volkswagen, essaya de l'ouvrir. Elle était verrouillée.

François sortit la lampe-torche de sa poche et inspecta l'intérieur de la Golf. Vide.

Il faisait le tour de la voiture, le faisceau de sa lampe balayant le sol, quand il nota une différence de couleur dans les gravillons. Tout aurait dû être sec, il n'avait pas plu dans la journée. Il s'accroupit pour un meilleur examen. Ce mélange de petits cailloux secs et humides avait été plus ou moins nivelé, comme si on avait voulu effacer des traces.

François se remit debout et promena sa lumière autour de lui. La zone où les gravillons avaient été dérangés, s'étendait devant le côté gauche du garage. Sur la droite, tout était sec. Le pinceau lumineux de la torche atteignit la Golf puis revint en caressant la surface gravillonnée en révélant un nouvel élément. Les ornières : elles semblaient trop larges pour avoir été faites par les roues de la Golf.

De plus en plus intrigué, François s'approcha de la porte basculante. Et éclaira l'intérieur du garage. Pas de véhicule. Normal, la Golf se trouvait à l'extérieur du garage.

Mais…

Sur le sol à la limite du halo de sa lumière, un petit objet au reflet métallique. Et à proximité, une main gauche.

— David ! s'écria François en reconnaissant sa montre.

Il recula de la porte que l'on actionnait grâce à une radiocommande et se déporta sur la droite, là où la gouttière du garage descendait au collecteur d'eau. Il souleva une grille de protection et glissa sa main dans l'embouchure du tuyau d'évacuation. Il en extirpa une petite boîte qu'il ouvrit et dans laquelle il trouva une clef de secours.

Sans prendre le temps de remettre la grille à sa place, François se releva et introduisit la clef dans la serrure encastrée près de la porte. Un quart de tour plus tard, le mécanisme se mettait en action, la lumière qui y était couplée s'allumait et la porte s'ouvrait. François n'attendit pas que les quatre panneaux articulés aient tous rejoint le plafond pour s'engouffrer dans le garage.

David était là, étalé, face au sol, inanimé.

François rangea son arme dans la ceinture de son jean et s'agenouilla, inquiet. Deux doigts sur la carotide de David, il retint son propre souffle. Le pouls était faible, mais il battait. Il se remit à respirer et puisa son mobile dans sa poche de blouson pour appeler les secours. Puis il composa un autre numéro : celui de la gendarmerie de Pont-L'Abbé.

— Gendarmerie de Pont-L'Abbé, j'écoute.

— C'est toi, Hubert ?

— Oui.

— C'est François, François Paoli.

— Tu n'as pas ta voix habituelle, François. Que se passe-t-il ?

Le hasard avait voulu que ce soit le capitaine Dunant qui réponde au téléphone et que le capitaine Paoli reconnaisse sa voix. Comme les deux hommes avaient déjà travaillé ensemble* et s'appréciaient, ils avaient convenu de se tutoyer hors la présence de leurs hommes. Paoli en conclut que Dunant était seul.

---

*Voir *Mortelle Bigoudène*, même auteur, même collection.

— Mon ami a été victime d'un cambriolage. Il est blessé. J'ai déjà appelé les secours.

— Où es-tu ?

— Chez lui, à Sainte-Marine. Je t'expliquerai plus tard.

— OK. Le temps de rassembler quelques hommes et on arrive. Ton ami, c'est sérieux ?

— J'en ai l'impression, oui.

François donna l'adresse exacte de David et referma son mobile.

*

Ces deux appels passés, il prit enfin le temps d'examiner David. Il avait du sang sur le menton et la joue gauche : la lèvre inférieure était coupée, ainsi qu'une arcade sourcilière ; pas d'autre blessure apparente.

Alors qu'il se relevait, David remua un peu ; il reprenait connaissance. François s'accroupit à nouveau et soutint la tête de son ami.

— Fran… çois… fit David entre deux battements de paupières. Aide-moi… à… m'asseoir…

— D'accord.

François voulut passer le bras droit de David autour de son cou, mais cela arracha un tel cri de douleur à son ami qu'il renonça aussitôt.

— Reste tranquille, les secours ne vont plus tarder.

Quelques minutes plus tard, plusieurs gyrophares tournoyaient devant la maison et le garage. François sortit accueillir l'équipe médicale et la ramena au garage, auprès de David.

— Il est conscient, c'est déjà ça, entendit-il.

Le médecin urgentiste se pencha sur le blessé et lui posa quelques questions simples auxquelles David répondit correctement. Puis il l'ausculta. Alors qu'il commençait à le tâter et avant que François ait eu le temps de le prévenir, David poussa un hurlement.

— On ne va pas pouvoir le bouger avant d'avoir soulagé la douleur. Il a l'épaule gauche désarticulée, annonça le médecin. Morphine !

Un infirmier fouilla dans la trousse et prépara rapidement le nécessaire pendant qu'un autre mettait David sous oxygène.

François se tenait en retrait et observait la scène, l'esprit vide.

— Ça va ? lui demanda le médecin en s'approchant de lui.

— Heu… oui… Oui, oui, ça va.

Alors qu'ils immobilisaient David et le plaçaient en civière, les gendarmes arrivèrent.

Sitôt le break arrêté, Hubert Dunant en sortit et marcha d'un pas vif vers le garage.

— Bonsoir François, dit-il en lui tendant la main.

— Bonsoir Hubert.

— J'aurais préféré te revoir dans d'autres circonstances !

— Et moi donc !

Le gendarme salua les sauveteurs d'un « Messieurs » auquel les autres répondirent à peine, occupés qu'ils étaient. Puis il se pencha sur David et lui souhaita bon courage. Quelques instants plus tard, l'ambulance s'en alla, lançant des éclats bleus dans la nuit.

— Je t'écoute.

— Il était minuit et demie à peu près quand mon téléphone a sonné.

Hubert écouta attentivement François pendant que des TIC (technicien d'investigation criminelle) de la gendarmerie enfilaient des tenues intégrales.

— Il faudra prendre en compte le fait que la scène a été polluée par les sauveteurs, conseilla Dunant à l'un d'eux.

— Bien sûr, on y pensera, Capitaine.

— Tu as une idée ?

— Pas vraiment. Mais en cherchant David, j'ai remarqué des ornières inhabituelles devant son garage. Forcément, maintenant que les médicaux sont passés, on ne les voit plus autant. Mais j'ai pris des photos avec mon téléphone.

— David avait des ennemis ?

— Comme tous les flics, je suppose, fit François en haussant les épaules. Moi aussi, je dois en avoir, et toi peut-être également.

— Mouais, sans doute… Pas de rival ?

— Pas à ma connaissance.

Ils s'écartèrent de quelques pas du garage.

— J'ai l'impression que tout s'est joué ici, dehors.

— Pourquoi le penses-tu ?

— J'ai visité la maison, elle est en ordre.

— J'aimerais bien la voir quand même…

— Bien, suis-moi.

Ils entrèrent dans la grande pièce à vivre de David. Sur la table du salon : deux verres, des rondelles de citron, une bouteille de sirop de canne et une autre de rhum blanc.

— Tiens, je n'avais pas remarqué qu'il avait eu de la visite.

— On va confier tout ça à l'équipe scientifique.

François hocha la tête, puis guida Hubert dans le reste de la maison.

Le gendarme dut se ranger à l'avis du policier : aucun acte de violence n'avait été commis à l'intérieur.

— Sais-tu si on a volé quelque chose ?

— Apparemment, rien. Ses clefs et son portefeuille sont toujours dans sa veste, répondit François qui venait d'en fouiller les poches. Et comme tu peux le voir, sa télé, son lecteur de DVD et son ordinateur sont toujours là.

Machinalement, Hubert tourna les yeux vers les appareils. Puis son regard croisa celui de François.

— On n'agresse pas un homme chez lui sans une bonne raison, d'accord ? Et si tu me dis qu'il ne manque rien à l'intérieur…

Deux gendarmes apparurent dans l'encadrement de la porte d'entrée, prêts à passer les lieux au peigne fin. Paoli et Dunant sortirent.

— C'est sa voiture ?

— Oui.

Par acquit de conscience, Dunant alla faire le tour du véhicule.

— La voiture dehors… Et tu as trouvé David dans son garage ?

— Oui, et il était fermé. Les agresseurs ont dû baisser la porte en partant pour qu'on ne remarque rien.

— Pourquoi dis-tu « les » ?

— Parce que s'il n'y avait eu qu'un seul homme, David aurait réussi à le neutraliser. C'est un des meilleurs flics de la police quimpéroise que je connaisse en combat rapproché.

— Pour la porte… tu crois vraiment qu'ils ont pris le temps de la fermer ?

— Ils n'avaient qu'à appuyer sur un bouton. Tiens, viens voir…

Dunant suivit Paoli vers le côté gauche du garage. À l'intérieur, près du bouton de la lumière, il y en avait deux autres, un vert et un rouge.

— Le vert permet la manœuvre d'ouverture ou de fermeture, le rouge sert à l'interrompre. Et cette clef que tu vois ici et dont je me suis servi, est une clef de secours si tu as perdu la télécommande ou bien si elle ne fonctionne plus. Mais…

— Quoi ?

— Tes hommes ont ramassé le portable de David ?

— Sans doute, oui. Pourquoi ?

— Je voulais vérifier un truc.

— Eh bien, suis-moi, on va voir ça ensemble.

Ils marchèrent jusqu'au fourgon des TIC. Le capitaine Dunant repéra le téléphone de David qu'on avait ensaché et le tendit à Paoli. Ce dernier changea de gants et prit l'appareil.

— La batterie est vide, constata-t-il rapidement. Cela explique pourquoi je n'ai obtenu que la messagerie de David. De toute façon, ça n'aurait rien changé puisque David était inconscient.

— Où l'as-tu trouvé ? demanda Dunant en désignant le mobile du menton.

— Quasiment dans ses doigts.

— Tu parlais tout à l'heure d'ornières, François...

— Ah oui !

François sortit son téléphone pour montrer les photos qu'il avait prises.

— Qu'est-ce qui te chiffonnait ?

— Leur largeur et aussi le fait que les gravillons avaient été remués. Tiens, regarde, on voit bien la différence entre les secs et les humides.

— Cela confirmerait le fait que ton ami se soit battu dehors et qu'une fois mis hors jeu, on l'ait traîné dans son garage avant de rabaisser la porte.

— Oui, mais...

— Capitaine ! appela-t-on.

Hubert Dunant s'excusa et rejoignit ses hommes.

Seul devant le garage, François Paoli examina à nouveau les lieux. Puis refit le tour de la Golf de David. Revint sur les gravillons et les observa. Et hocha la tête.

— Mes hommes ont fini leurs constatations, il ne me reste plus qu'à appeler le magistrat de garde, dit Dunant en revenant.

Dunant sortit son téléphone et s'écarta un peu.

— Voilà, c'est fait.

— Tu as eu le proc' ?

— Ouais. Pas bien content d'être tiré du lit, tu penses bien !

— Bientôt trois heures du mat', aussi ! Tu as encore besoin de moi ?

— Besoin, non, j'allais te proposer un café. J'ai une Thermos dans le break, si ça te dit…

— Ma foi, ce n'est pas de refus.

Arrivés au véhicule, Dunant se pencha dans l'habitacle et attrapa le flacon isotherme et deux gobelets jetables qu'il emplit de café.

VII

Avant de quitter Sainte-Marine, François prit la précaution d'appeler les urgences de Pont-L'Abbé. On lui répondit qu'il n'y avait pas de monsieur Marchand là-bas. Il téléphona donc à celles de l'hôpital de Quimper qui lui confirmèrent l'admission de David.

Il fonça donc vers Quimper et ne leva le pied qu'au rond-point de Ludugris.

Il se gara au plus près de l'entrée des urgences et s'y rendit en courant.

Il traversa la zone d'attente, passa devant un jeune homme dont c'était le tour, et s'adressa à l'hôtesse d'accueil.

— Bonsoir. On vient de vous amener un blessé…

— C'est possible, oui…

— Son nom est David Marchand. Pouvez-vous me dire où il est, s'il vous plaît ?

— Vous permettez ? Je termine l'admission de Monsieur, et je suis à vous dans une minute.

— Heu… oui, bien sûr… fit François en tâtant ses poches.

Si seulement il avait eu sa carte de police, elle lui aurait servi de sésame ! Mais non, elle était restée dans sa boîte à gants avec son Sig. François recula de quelques pas et, ayant vu un distributeur de café, alla mettre de la monnaie dedans. Un gobelet de café noir serré lui fut délivré par l'appareil. Il le prit et s'assit.

— Monsieur !

Elle s'adressait enfin à lui. Il jeta son gobelet dans la poubelle et s'approcha.

— Vous êtes de la famille ?

— Non. Un ami.

— Un instant, je reviens. Rappelez-moi le nom du blessé.

— David Marchand.

Elle se leva et disparut.

— Monsieur Jaouen ! Venez, Monsieur, c'est à vous.

Un homme dans la cinquantaine se leva et suivit l'infirmière qui l'avait appelé. Ne restait plus que le jeune homme sur un siège.

— Monsieur Donnard ! appela-t-on deux minutes plus tard.

François se retrouva seul. Il se mit à faire les cent pas. Les quelques minutes qui suivirent lui parurent une éternité.

— Monsieur !

Une voix d'homme. François releva le nez. Il avait devant un interne devant lui.

— C'est vous qui voulez voir monsieur Marchand ?

— Oui.

— Je regrette, c'est impossible, il a été conduit à la radio. Son état semble assez sérieux.

— Il s'est fait agresser.

— Ah ! Ceci explique bien des choses effectivement. Bien… si vous voulez bien m'excuser, mes patients m'attendent…

— Bien sûr, je comprends.

*

François rentra chez lui et se mit au lit. Mais, malgré l'heure avancée de la nuit, il ne parvenait pas à s'endormir. Ses pensées tournées vers David soulevaient tant de questions ! Trop. Et il n'aurait les premières réponses que lorsqu'il pourrait voir son ami et recueillir son témoignage. Dix minutes plus tard, il se tourna sur le côté gauche.

Le radioréveil le tira de son sommeil à sept heures vingt après deux petites heures de sommeil. François étendit la main et l'éteignit. Il avait la tête lourde comme s'il avait ingurgité plusieurs verres, sensation qu'il n'avait pas éprouvée depuis plusieurs mois et qu'il ressentit en s'asseyant au bord du lit. Il bâilla, se frotta les yeux et se frictionna le crâne avant de se décider à déplier son mètre quatre-vingts.

Douche plus fraîche que tiède, puis rasage. Un drap de bain à la taille, il fit un détour par la cuisine pour faire du café, puis alla s'habiller.

À huit heures, il prit son blouson et partit pour la PJ.

Composition du digicode extérieur, montée du vieil escalier de bois.

La porte de l'antenne franchie, il alluma son ordinateur.

À côté du document dans lequel étaient enregistrés les actes de l'affaire Forestier, il en créa un autre au nom de David Marchand dans lequel il transféra les photos prises par son téléphone. Puis il se mit à taper quelques observations.

La porte s'ouvrit et le lieutenant Verdier fit son entrée.

— Déjà là, François ? s'étonna-t-il en regardant l'heure. Bonjour !

— Salut Amos, répondit-il en levant à peine les yeux de son ordinateur.

— Ça va ?

Son chef ne répondit pas, occupé à pianoter sur son clavier.

Verdier se dirigea vers le fax et prit la seule télécopie qui leur avait été envoyée, puis s'installa à sa place.

Le lieutenant Botrel et le brigadier-chef Renard arrivèrent au moment où Paoli sauvegardait son travail.

— Bien, fit-il en se levant.

Les trois autres traduisirent immédiatement par « J'ai à vous parler ». Ils attendirent. En vain. Paoli se rendit aux toilettes. Et eux se plongèrent dans leurs dossiers.

— Je m'absente, annonça le chef de la PJ en attrapant son blouson.

— On peut savoir où tu vas ?

— À l'hosto, répondit-il en refermant derrière lui.

*

Grâce à son sésame – sa carte tricolore – qu'il présenta au bureau des infirmières, il put rendre visite à David.

— Bonjour David.

Le blessé, qui somnolait, souleva les paupières en entendant la voix de François.

— Bonjour…

— Les infirmières m'ont accordé dix minutes de visite.

— Sympa…

— Je ne te ferai pas l'affront de te demander comment tu vas, je le vois et on m'a dit que l'opération s'était bien déroulée. Non, si je suis là, c'est pour savoir ce qui s'est passé.

— Deux types m'ont sauté dessus au moment où j'allais ranger le 4x4 Audi de mon cousin dans mon garage. Je suppose qu'ils ont disparu avec…

— Oui, acquiesça laconiquement François.

— Quand je pense que Damien ne voulait pas le laisser à l'aéroport parce qu'il craignait des actes de vandalisme !

— Que peux-tu me dire sur tes agresseurs ?

— Tu vas trouver ça con de la part du flic que je suis, mais… pas grand-chose ! Je ne peux te donner aucune description, ni de l'un ni de l'autre car tous les deux étaient couverts de la tête aux pieds.

— Ils étaient cagoulés ?

— Oui, et gantés. Vêtus de noir tous les deux.

— Un timbre de voix ? Un accent ?

— Je n'ai rien relevé de particulier. Mais, tu sais, François, quand on se bat, on ne cause pas beaucoup.

— Non, c'est vrai, ma question était stupide.

— Tout ce que je peux te dire…

Une douleur interrompit David et le fit grimacer.

— …c'est qu'ils étaient déterminés… et entraînés. Et je l'étais autant qu'eux à défendre la voiture de Damien, mais j'ai été stoppé par un choc électrique au moment où l'un des types me déglinguait l'épaule. Tiens, on en voit la trace… J'ai été choqué pendant un moment, incapable de bouger et de réagir. Ce n'est qu'au bout d'un certain temps que j'ai pu sortir mon téléphone.

François garda le silence pendant une minute, assimilant tout ce que David venait de lui dire.

— Ils agissent de plus en plus violemment, commenta François à mi-voix.

— Pardon ?

— Non, rien… Je réfléchissais.

Il s'approcha de la baie vitrée de la chambre et, tout en perdant son regard dans le panorama quimpérois, il dit :

— Tu as eu de la visite avant d'être attaqué… Qui était-ce ?

— Valérie.

— Ah…

Et comme François avait tourné la tête vers lui, David expliqua :

— Un soir que je revenais de mon bateau, elle m'a demandé de l'aide pour changer un de ses pneus. Je ne pouvais pas refuser. Alors j'ai posé mes affaires et j'ai empoigné son cric. Ça ne m'aurait pas pris plus de cinq minutes en temps normal, mais voilà que sa roue de secours était à plat, elle aussi. Comme j'avais prêté mon gonfleur à un collègue, il ne me restait plus qu'à aller au garage, en haut du bourg, pour faire gonfler la roue de secours et laisser le pneu crevé à réparer.

— Et donc, Valérie est revenue hier à Sainte-Marine pour récupérer son pneu, c'est ça ?

— Pff ! Il était réparé pour le lendemain soir.

François aurait bien aimé pousser son interrogatoire mais une infirmière entra après avoir brièvement toqué à la porte. Elle lança un regard désapprobateur en direction de François. Comme pris en faute, il toussota, jeta un coup d'œil à sa montre, puis dit :

— Bon, il est temps que je m'en aille. Je reviendrai plus tard.

— D'accord. Salut.

— Salut David. Au revoir Madame.

*

Alors qu'il regagnait sa voiture garée sur le parking de l'hôpital, François ouvrit son mobile et composa le numéro personnel d'Hubert Dunant.

— Salut Hubert. Je viens de voir David.

— Comment va-t-il ?

— Il n'est pas très brillant, mais ça aurait pu être pire. Mais ce n'est pas uniquement pour te donner de ses nouvelles que je t'appelle. David m'a dit ce qui s'était passé, il a été victime d'un home-jacking.

— Mais... Tu m'as bien dit que sa voiture était là, une Golf, me semble-t-il...

— Oui, elle était rangée près du garage. C'est le 4x4 Audi de son cousin qui a été volé.

— Ah ! Cela explique tes fameuses ornières.

— Donc, je me disais que tu devrais rappeler le proc' pour que l'affaire de David rejoigne les autres dans l'instruction qu'il a déjà fait ouvrir chez le juge Potier.

— Comment sais-tu ça, toi ?

— C'est moi le directeur d'enquête.

— Ah ! Bien, je vais le faire...

— Merci.

*

Dans l'après-midi, le capitaine Paoli fut convoqué chez le juge Potier. Ce dernier lui ouvrit lui-même la porte de son bureau. Ils se serrèrent la main.

— Entrez et asseyez-vous, l'invita Potier.

Tandis que celui-ci déposait du courrier à taper sur le bureau de sa greffière absente, Paoli traversa la pièce et s'installa.

— Vous devinez pourquoi je vous ai demandé de venir, j'imagine...

— Je crois, oui...

Morgan Potier reprit place dans son confortable fauteuil pivotant en cuir et plongea son regard dans celui de François Paoli.

— Vous avez l'air crevé, mon vieux !

Tant de familiarité en si peu de mots de la part du juge, surprit le policier qui se redressa légèrement.

— Je n'ai dormi que deux heures d'affilée, dit Paoli.

— Ah !

Morgan Potier fit pivoter son fauteuil et allongea le bras pour saisir un dossier posé sur sa gauche.

— J'ai eu le procureur au téléphone un peu avant midi. Il m'a appris que nous avions un nouveau cas de home-jacking et que la victime est David Marchand, votre ami. C'est exact ?

— Oui, répondit simplement Paoli.

— Du coup, j'ai convoqué le capitaine Dunant qui m'a apporté ses premiers éléments d'enquête. Il m'a dit qu'il n'était pas au courant du braquage de Forestier à Beg-Meil.

— Ah bon ?

— J'ai trouvé cela un peu curieux, moi aussi, car la presse en a parlé, mais... bon, cela ne l'aura sans doute pas marqué. Mais, vous-même, ne lui avez-vous rien dit la nuit dernière ?

— Pour être franc... je ne sais plus, répondit Paoli en haussant sourcils et épaules.

— Bah ! Ce n'est pas très important.

Potier se leva et retourna à la fenêtre avant d'ajouter :

— Mais vous me voyez bien embêté quand même.

— Pourquoi ?

— À cause de Marchand. Je ne sais pas si je dois vous laisser l'affaire ou vous la retirer.

Le dilemme de Potier déconcerta quelque peu Paoli. Il resta sans voix pendant dix secondes.

— Je ne vois pas en quoi le fait que la dernière victime soit mon ami vous embarrasse, Monsieur le juge. Et puis, mes hommes et moi sommes sur ce dossier depuis quelque temps déjà.

— Je sais.

— Eh bien, alors ?

— Peut-être parce que je commence à connaître vos réactions… répliqua Potier avec un léger sourire en coin.

Ils s'observèrent un instant en silence.

— Mais je sais aussi quel bon enquêteur vous êtes, Paoli.

— Merci Monsieur le juge.

Puis leur entretien glissa vers d'autres affaires. Enfin, au bout d'une heure, Paoli se leva et tendit la main à Potier.

Il avait traversé le bureau et pesait sur la poignée quand le juge l'interpella :

— Paoli !

— Oui ?

— Prenez quand même le temps de dormir.

— D'accord ! Au revoir Monsieur le juge.

*

Ce fut un François Paoli peu loquace que ses hommes côtoyèrent le reste de la journée.

Vint l'heure de rentrer chez soi. Ils descendirent deux par deux. Renard et Botrel sortirent les premiers dans la rue. Verdier retint Paoli à la porte.

— Depuis ce matin, je sens que quelque chose ne pas va. C'est le boulot ou c'est perso ?

— Les deux.

Paoli resta silencieux pendant un moment. Finalement, devant le regard insistant de son adjoint, il se lança et raconta sa virée nocturne chez David.

— Marchand ? Ton pote ?

— Il est à l'hosto.

— Eh ben, merde alors ! Mais pourquoi ne nous en as-tu rien dit ?

François se contenta d'un haussement d'épaules. Amaury n'en revenait pas. Pour s'être entraîné avec David, il connaissait sa force et sa résistance et avait perdu plus d'un combat face à lui.

Alors qu'ils mettaient les pieds sur le trottoir, François fut appelé.

— Ah ! Éric… je pensais justement aller te voir.

— Bon, je vous laisse. À demain, François ! Salut, Éric !

— Salut, Amaury, lui répondirent-ils en le regardant s'éloigner.

Ils partirent dans le sens opposé.

— Tu voulais me voir ? interrogea Éric.

— Heu… oui… Si on poussait jusqu'à L'Épée ?

Chemin faisant, François commença à parler à Éric

des événements de la nuit passée. Il n'avait pas fini quand ils poussèrent la lourde porte du grand café quimpérois.

La totalité des tables était occupée, aussi s'installèrent-ils au zinc. Lorsque les consommations furent servies et que François les eut payées, il reprit son récit.

— David t'avait parlé de cette fille, Valérie ?

— Vaguement. Tu sais comment est David... un peu mystérieux quand il s'agit de nanas...

— Ouais, c'est vrai. Et de son cousin Damien ?

— Ah, là, oui ! Il devait accompagner Damien à Pluguffan et ramener son 4x4 chez lui, hier soir. Il m'a même demandé de finir l'interrogatoire qu'on menait ensemble, pour être à l'heure à son rendez-vous avec Damien.

— Damien prenait le vol de 19 heures ?

Le verre au bord des lèvres, Éric acquiesça.

— Mais rien ne dit que David soit resté jusqu'au décollage de l'avion, dit-il après sa gorgée.

— Non, bien sûr... Où Damien et David se sont-ils retrouvés ?

— À la boutique. Damien a prévenu qu'il était arrivé et David est descendu.

— Mais... comment David est-il venu à Quimper hier ? Sa Golf était chez lui...

— Il s'était arrangé avec un collègue de Bénodet.

La conversation s'interrompit ; Éric regarda autour de lui alors que François plongeait son regard dans le liquide doré de son verre.

— À quoi penses-tu ? interrogea Éric. À ce qui s'est passé chez David ?

— Oui. Ça ne s'est pas produit par hasard. Impossible !

— Ouais, vu où se situe sa maison, c'est probable.

— On l'a peut-être suivi…

— Mais à partir d'où ? De l'aéroport ?

— À moins que le 4x4 n'ait été repéré sur la route.

— Tu penses vraiment ce que tu dis ou ce n'est qu'une spéculation ?

— Je dois envisager le max' de possibilités, Éric. Surtout qu'on n'a pas d'indices !

— Quoi ? Pas un seul ?

— Rien !

— Eh ben, mon vieux, t'es pas sorti de l'auberge !

— Comme tu dis !

Ils vidèrent leur verre, saluèrent le barman et sortirent du café. L'air s'était rafraîchi, aussi relevèrent-ils leur col avant de se mettre en marche.

*

Verrouillage des portes de l'Audi, entrée dans le hall de l'immeuble, rapide coup d'œil à la boîte aux lettres, appel de l'ascenseur.

Peu après, il pénétra dans son salon où il se laissa choir dans son vieux club en cuir et ferma les yeux. Une minute plus tard, il entendit la chasse d'eau des WC et Pierre arriva en face de lui.

— Salut Papa !

— Salut fiston !

— Ça ne va pas ?

— Je suis vanné !

— Alors, on ne va pas au cinéma ? Tu m'avais promis pourtant…

Le ton de Pierre trahissait sa crainte de voir sa sortie annulée.

— Ah ! C'est ce soir… Ça m'était complètement sorti de l'esprit.

— Et ça commence dans moins d'une heure…

Les yeux toujours fermés, François devinait son fils planté devant lui, guettant sa réaction. Il avait toujours mis un point d'honneur à tenir les promesses qu'il lui avait faites. Il ne pouvait décemment pas se défiler.

— D'accord, soupira François en ouvrant les yeux.

Il quitta son vieux club à regret et sortit à la suite de Pierre.

VIII

À la sortie du cinéma, Pierre eut envie d'un chocolat chaud. Mais le café le plus proche était comble.

— On n'a qu'à aller ailleurs, proposa François.

— Ou rentrer à la maison puisque t'es fatigué... fit Pierre, conciliant.

— Vraiment ?

— Oui. Et on boira notre chocolat chaud dimanche à Roscoff.

François baissa les yeux vers son fils.

— À Roscoff ? Dimanche ?

— Ben... oui.

Ils s'arrêtèrent sous un lampadaire. Grâce à la lumière qui en tombait, Pierre put voir l'expression de son père.

— Mais... Papa, t'es dans la lune ou quoi ? C'est toi qui m'as dit ça avant-hier. Tu te rappelles plus ?

Le silence de son père suffit à Pierre pour conclure :

— Eh ben, t'es vraiment à côté de tes pompes !

Complètement interloqué, François restait immobile.

— Bon, tu viens ? l'invita Pierre en le prenant par la main.

Ils se mirent en marche. D'ordinaire, Pierre devait trottiner pour rester à la hauteur de François, ce soir c'était tout juste s'il ne le devançait pas.

Alors qu'ils tournaient au coin d'une rue pour reprendre leur voiture, ils entendirent un coup de feu, des éclats de voix et les rugissements d'un moteur. Aussitôt, François reprit contact avec la réalité et réagit en professionnel de la sécurité : il tira son fils en arrière et le mit à l'abri.

— Reste ici et, surtout, ne bouge pas, Pierre. C'est compris ?

— Oui.

François partit au pas de course.

Il avait parcouru la moitié de la distance, quand il vit une femme se faire jeter au sol tandis que le moteur de la voiture vrombissait rageusement en faisant un bond en avant. Très vite, l'homme qui s'était désespérément accroché à une portière et se faisait traîner, lâcha prise et s'étala sur le bitume.

La voiture fonçait à présent sur François.

Il aurait eu son Sig Sauer, il aurait tiré dans les pneus. Mais, comme la plupart du temps, il ne l'avait pas, il l'avait laissé dans un tiroir de son bureau. Il ne lui restait plus qu'une solution : se jeter sur le côté pour éviter le bolide. Ce qu'il fit.

Alors qu'il se relevait en grimaçant de douleur et en sortant son téléphone de sa poche, il vit un équipage de la BAC passer à toute allure.

— Comment ça va, Monsieur ? Vous êtes blessé ? demanda François à l'homme en l'aidant à se relever.

Il avait des écorchures, bien sûr, mais rien de cassé apparemment.

— Chantal ! Chantal ! appela ce dernier une fois debout.

Mais la femme ne lui répondit pas, elle avait perdu connaissance. Le nombre de curieux avait grossi. Il devait avoisiner la vingtaine.

— Les secours sont prévenus, ils arrivent, le rassura François.

— Voilà les pompiers ! confirma un curieux.

Tandis que ceux-ci prenaient les blessés en charge, François s'éloigna en boitant. Il s'était mal réceptionné et s'était fait mal.

— Papa ! s'écria Pierre en accourant. Tu as mal à la jambe ?

— Bien vu ! Allez, viens, je dois retourner là-bas, dit-il en prenant Pierre par la main.

Des policiers en tenue qui avaient reconnu le capitaine Paoli le laissèrent franchir le cordon de sécurité qui contenait les curieux.

— Merci. Je peux vous laisser mon fils quelques minutes ?

— Bien sûr, Capitaine, pas de problème.

Confiant Pierre au gardien de la paix, François allongea le pas. Il repéra aisément l'homme que l'on avait enveloppé d'une couverture et qui regardait les secours s'occuper de sa femme. Tout en lui trahissait l'angoisse et la tension qui l'habitaient : son regard fixe, son visage crispé, sa quasi immobilité. François s'approcha de lui.

— Ça va aller, maintenant, Monsieur… ?

— Moher… Pascal Moher. Et vous ?

— François Paoli, capitaine à la PJ.

— Ah… vous êtes de la police…

— Tenez, voici ma carte.

Comme Moher levait un regard interrogatif, Paoli lui expliqua :

— Il faudra bien que vous déclariez le vol de votre véhicule, monsieur Moher, et que votre femme porte plainte pour coups et blessures.

*

Les victimes du car-jacking* furent gardées en observation, tandis que le capitaine Paoli et son fils regagnaient leur domicile.

— C'est râpé pour ton chocolat pour ce soir, fit François à Pierre en tournant la clef.

L'enfant haussa les épaules, fataliste, et poussa la porte de sa chambre.

— Tu veux un lait chaud au miel, à la place ?

— Je veux bien…

Quand les tasses furent vides, François souhaita une bonne nuit à Pierre et tira la porte de sa chambre. Dans la salle de bains, le miroir lui offrit une image peu flatteuse qui le renvoya plusieurs mois en arrière

*Le car-jacking désigne le vol d'un véhicule à moteur avec violence ou menace à l'encontre du conducteur ou de l'un de ses passagers. Les véhicules 4x4 sont la cible préférée des auteurs de tels méfaits.

quand il enquêtait sur des meurtres de SDF*. Visage pâle, barbe brune sur des traits tirés, cheveux décoiffés, pantalon et veste déchirés lors de sa chute.

Après une douche chaude, il enfila son pyjama et poussa la porte de sa chambre en soupirant, puis se laissa choir sur le bord de son lit et régla son réveil en le décalant de deux heures. Cela fait, il se glissa sous la couette et éteignit sa lampe de chevet. Il n'y aurait pas eu cette promesse à Pierre, il serait en train de dormir depuis longtemps. Au lieu de quoi, il se repassa le film de la soirée ; surtout pour se remémorer le déroulement du car-jacking.

Il le faisait pour la troisième fois, quand il eut une idée qui le fit rallumer la lumière et composer un numéro sur son téléphone.

— Perrin ? C'est Paoli.

— Paoli ? À cette heure ? C'est que c'est pro, alors.

— Oui. T'es en patrouille, là, ou bien à la boutique ?

— Je m'apprête à partir.

— Ah, parfait, ça tombe bien ! Dis donc, j'aimerais que tu me rendes un service…

— Je t'écoute, François.

— J'ai été témoin d'un car-jacking, Luc. Mais de là où je me trouvais, je n'ai pas pu voir les voleurs. Alors, comme c'est un coin où les SDF passent un peu de temps, je…

*Voir *Quimper sonne les cloches*, même auteur, même collection.

— Pigé ! Tu veux savoir s'il y en avait dans le secteur et, le cas échéant, s'ils ont vu quelque chose. OK, je vois ça tout de suite.

— Tu me rappelles ? J'ai besoin de l'info au plus vite.

La collaboration étroite des Hiboux de la BAC avec Paoli datait, elle aussi, de cette enquête sur les meurtres des SDF et, depuis, les contacts, bien que moins fréquents, étaient restés très bons.

Les vibrations de son téléphone tirèrent François de la somnolence dans laquelle il s'était laissé glisser.

— C'est moi, Luc.

— Oui, alors ?

— On a bien trouvé deux SDF à l'endroit que tu m'as indiqué.

— Ils n'étaient pas trop atteints ?

— Ben, pour tout te dire, ils n'étaient pas de la première fraîcheur, mais j'ai quand même recueilli leurs témoignages. En audio.

— Merci Luc. Tu peux passer me les déposer à mon bureau demain ? Et je te paye le café et les croissants.

— Ça marche ! À demain, neuf heures.

— Huit heures trente, rectifia François avant d'éteindre son téléphone.

Du coup, il changea une nouvelle fois l'heure de son réveil : il ne ferait pas la grasse matinée qu'il avait prévue.

*

Il dut se faire violence pour se tirer du lit et abandonner la douce chaleur de sa couette. S'il oubliait la douche et se contentait de s'asperger le visage d'eau, il avait une chance d'être à l'heure à son bureau.

Une fois rafraîchi, il enfila un jean et un pull à encolure V en cachemire noir. Il mettait ses chaussures, lorsque la porte de Pierre s'ouvrit.

— Tu t'en vas ?

— Au bureau. Je n'en ai pas pour longtemps, répondit-il en attrapant blouson et clefs.

À l'heure dite, il ouvrit la porte de la PJ à un Luc Perrin content d'avoir terminé sa nuit. Les deux hommes se serrèrent chaleureusement la main et Luc suivit François dans la petite cuisine. Sur la table, une cafetière pleine et un sachet de croissants.

— Sucre ? demanda François en prenant des tasses dans le placard.

— Oui.

Un croissant dans une main, la tasse dans l'autre, François et Luc attaquèrent leur petit-déjeuner de bon cœur. François profita de ce moment pour raconter le car-jacking dont il avait été témoin.

— J'avais une voiture sur le terrain, et mes gars ont pris les voleurs en chasse, mais…

— Je l'ai vue passer en effet.

— Ils se sont fait tirer dessus et ils ont dû abandonner la poursuite.

— Des blessés ?

La bouche pleine, Luc secoua la tête avant de pouvoir répondre :

— Non, heureusement, c'est la bagnole qui a pris.

— Tu la confieras aux gars de la PTS, on ne sait jamais.

— C'est prévu, j'ai déjà contacté Gilles Monfort. Il m'a assuré qu'il s'en occuperait lundi.

— Où est-elle ?

— Ici, à l'abri, au garage. Bon, on passe à l'enregistrement ? Ce n'est pas que…

— Oh ! Oui, oui… Excuse-moi, Luc.

Luc Perrin sortit son magnétophone de sa poche.

— La qualité du son ne dépend pas uniquement de l'appareil, mais aussi de ceux qui ont accepté de témoigner, prévint-il en enclenchant le bouton d'écoute.

— Hum ! Oui, je m'en doute, répliqua François avec un petit sourire en coin. Et tu n'as pas eu trop de mal à les faire parler ?

— Pas du tout. Quand je leur ai dit que c'était pour toi, il y en a même un qui a regretté ne pas pouvoir être plus précis.

Ils se turent et écoutèrent l'enregistrement. François reconnut l'une des deux voix, l'autre ne lui disait rien. Pendant leurs libations, à l'abri des regards inquisiteurs, les deux sans-abri avaient observé la scène et fournirent quelques détails que François nota sur un calepin.

— OK, merci. On se revoit lundi avec Monfort ?

— D'accord. Salut François et bon week-end !

Vaisselle, rangement, coup de balai : François remit la cuisine de la PJ en ordre.

Il s'assit à son bureau et écouta l'enregistrement

obtenu par Perrin une deuxième fois. Plus concentré, plus attentif. Pour lui, pas de doute : les deux SDF avaient interrompu leur beuverie le temps du car-jacking.

On frappa. Paoli consulta sa montre : les Moher avaient un peu d'avance. Tant mieux. Il rangea le magnétophone dans un tiroir de son bureau qu'il ferma à clef et se leva pour accueillir le couple.

Leur dépôt de plainte dura plus longtemps que prévu, Chantal Moher, toujours sous le choc de l'agression, ne parvenant pas à s'exprimer clairement sans l'aide de son mari.

Entre deux sanglots, elle s'excusa : elle faisait de son mieux, mais le souvenir de la nuit passée était si terrible…

Enfin, à dix heures trente, le capitaine Paoli descendit en même temps que le couple Moher.

*

— Ça y est, me voici, Pierre ! s'annonça-t-il en franchissant la porte.

— C'est ça que tu appelles pas longtemps ? Il est déjà onze heures !

— Je te l'ai déjà expliqué des dizaines de fois, je ne maîtrise pas tous les paramètres de mon boulot. J'ai fait au mieux…

— Tu dis toujours ça.

— Parce que c'est la vérité. Et puis j'ai mal à la jambe. Tiens, je t'ai rapporté un croissant, espèce de petit râleur ! Tu le veux ?

Et là, Pierre oublia le retard de François et lui sauta au cou.

— Merci ! Je te chauffe un café ?

Sans attendre la réponse de son flic de père, Pierre plaça une tasse de café près de la sienne contenant du chocolat, dans le four à micro-ondes.

— Et après, on va faire les courses ?

— Quoi ? Faire les courses ?

— Ben… c'est ce que tu as dit l'autre jour en prenant une boîte de haricots dans le placard. Qu'il n'y avait plus grand-chose dans la réserve et que tu n'avais plus de gel douche ni de rasoirs non plus.

Pierre n'avait pas pour habitude de mentir, c'est donc que François allait devoir lutter encore un bon moment contre la fatigue avant de pouvoir se reposer. Il se leva en soupirant et prit le sac isotherme dans lequel il mettrait les surgelés.

— Allez, fils, on est partis !

*

Après la corvée de l'hypermarché et une pizza chez Luigi, les Paoli rentrèrent chez eux. Le téléphone sonnait. Pierre se précipita sur le combiné. Et visiblement, il avait bien fait : la communication était pour lui. Un « Attends, je demande à mon père » coupa l'élan de François qui rangeait quelques denrées.

— C'est Jules. Il demande si je peux aller avec lui à la patinoire. Je peux, Papa ?

— Qui vous y conduit ?

— Son père. Alors, je peux ?

— Passe-moi le téléphone.

Deux minutes plus tard, l'affaire était entendue. Le père de Jules allait venir chercher Pierre et le ramènerait en fin d'après-midi.

— Mais, avant ça, tu m'aides à ranger, Pierre.

— D'accord !

IX

Enfin seul ! Depuis le temps que François attendait ça ! Il commença par éteindre son téléphone mobile et à débrancher le fixe. Après tout, on était samedi après-midi et il n'était pas de service. Puis il se fit couler un bain dans lequel il versa quelques gouttes de lavande.

Il se déshabilla et s'examina dans le miroir de la salle de bains. Un hématome s'étalait sur son flanc et le haut de sa cuisse. La pression qu'il exerça dessus – ce qu'il regretta aussitôt – le fit grimacer. Voilà ce que c'était que de se jeter en pleine course sur un trottoir ! Il s'immergea dans l'eau chaude et poussa un long soupir. De lassitude. Mais d'aise aussi. Ferma les yeux, huma l'odeur de lavande. Se détendit.

Frissons. Il ouvrit les yeux, lut l'heure : il avait passé plus d'une heure et quart dans son bain. Malgré tout, il se sentait toujours las quoique plus détendu ; il enfila son peignoir et attrapa une serviette pour se sécher les cheveux.

On sonna à la porte.

Il n'attendait pas de visite. L'idée de faire le mort effleura François pendant deux secondes, mais la curiosité l'emporta et il se rendit à la porte sur la pointe des pieds. Et comme il s'agissait de Marine, il lui ouvrit.

— Salut François ! Je viens aux nouvelles.

— Ben, tu vois, je sors de mon bain.

— Hem, hem ! Tu sais que c'est dangereux d'ouvrir la porte en peignoir à cette heure ? fit-elle, malicieuse, en repoussant la porte du pied.

— Je t'en prie... Marine, je suis crevé... protesta-t-il.

— Chut !

Les lèvres de Marine étaient douces, ses mains aussi. François y succomba.

*

— Ça va ? lui demanda-t-elle en lui caressant le front et les cheveux.

— Hum... fit-il, les yeux clos, un léger sourire aux lèvres.

Marine couvrit François du plaid qui se trouvait en bout de lit et s'étendit près de lui. Le silence se fit, complice.

Bercée par la respiration de François qui s'était endormi, Marine faillit l'imiter. C'est la sonnerie de son téléphone qui l'en retint. Elle se leva et alla le puiser au fond de son sac.

— Allô ?

— Marine, c'est Pierre. Heureusement que j'ai ton numéro de portable, j'arrive pas à avoir Papa au téléphone.

— Il dort. Ton papa a dû débrancher celui de la maison et éteindre le sien pour se reposer. Que veux-tu que je lui dise ?

— Qu'on est sortis de la patinoire, mais qu'on est en panne avec la voiture du papa de Jules et qu'on attend le dépanneur, mais qu'il viendra pas avant une heure.

— Ne t'en fais pas, je préviendrai François. Tu t'es bien amusé au moins ?

— Oui, c'était super !

— Tant mieux ! Alors, à tout à l'heure.

— Bisou, Marine !

Marine referma son téléphone, le rangea dans son sac et revint auprès de François. Il n'avait rien entendu et dormait paisiblement. D'après le rapide calcul qu'elle avait fait, Pierre ne serait pas à la maison avant 20 heures 30 au moins. Dans le meilleur des cas. C'est-à-dire si le dépanneur ne tardait pas trop. Marine contempla François pendant quelque temps. Laissa ses pensées vagabonder. Réalisa tout à coup que leur relation avait évolué. Mais elle n'aurait su dire depuis quand. Inconsciemment, ils avaient bâti un havre où chacun venait se réfugier quand le besoin s'en faisait sentir.

Tout flic de PJ qu'il était, François n'était avant tout qu'un homme comme les autres, avec ses qualités, ses défauts, ses forces et aussi ses faiblesses. Et là, il n'était qu'un homme fatigué, abandonné dans son sommeil, attendrissant, vulnérable.

Marine se retira. Elle reviendrait plus tard.

*

Lorsque François ouvrit les yeux, il était 20 heures 45, et des bruits de casseroles et de cuillers provenaient de la cuisine. Bizarre…

Il se leva en grimaçant à cause de son hématome, puis s'étira en regardant dehors : pas de voiture en mouvement dans la rue, juste le bus qui quittait sa station et deux jeunes en train de discuter, assis sur leur scooter.

Scène banale d'un samedi soir tranquille.

Il s'habilla puis sortit de sa chambre, fut ébloui par l'éclairage de la cuisine.

— Alors, bien reposé ? lui demanda Marine une cuillère à la main, devant la cuisinière.

— Heu… oui… Oui, mais… que fais-tu là ?

— À ton avis ? Je cuisine, tiens ! Tu n'as pas faim ?

— Pierre n'est pas rentré ? s'inquiéta soudain François.

— Il ne devrait plus tarder. Il a appelé tout à l'heure pour dire qu'ils arrivaient à Quimper. Tiens, passe-moi donc le sel, s'il te plaît.

François tendit le sel à Marine.

— Comment se fait-il que tu cuisines chez moi ?

— Je n'avais pas mieux à faire.

— Ah !

À cet instant-là, la porte s'ouvrit : Pierre rentrait enfin.

— Hmm ! Ça sent bon ! fit-il en apparaissant à la porte de la cuisine. C'est quoi ?

— Une recette que j'ai vue l'autre jour à la télé, répondit Marine. Allez, à table !

Elle avait fait mijoter de la viande et des légumes dans un mélange d'épices. Il n'en resta rien.

— Merci pour le repas.

— Oh ! Je t'en prie. J'avais envie d'essayer de cuisiner ce plat et de le partager avec vous. Et si cela vous a plu, tant mieux !

— Je ne m'attendais pas du tout à passer l'après-midi ni la soirée de mon samedi de la sorte.

— Et ?

— Joker !

À Marine de deviner la valeur de ce joker dans le regard brun de son voisin.

X

Le capitaine Paoli verrouilla son Audi à distance et traversa le parking du centre hospitalier. On n'était qu'en fin de matinée, aussi sortit-il son précieux sésame de sa poche pour accéder à la chambre de David Marchand.

— Bonjour David.

— Salut François.

— Comment vas-tu ?

— Je ne sais plus. Par moments, ça va, à d'autres, j'ai un mal de chien. Si bien que j'ai toujours besoin de ma pompe à morphine. Et toi ? Il paraît que tu joues au torero avec les 4x4 dans les rues de Quimper ?

— C'est ça, moque-toi de moi. Qui t'a raconté ça ?

— Luc Perrin. Il est passé hier après-midi. Et alors, tu as pu voir les voleurs ?

— Non, ils ont agi vachement vite !

— Chez moi aussi, ça s'est passé très vite. Du vrai boulot de pro !

— Oui, mais des pros qui deviennent de plus en plus nerveux.

— Que veux-tu dire ?

— Que de premiers braquages assez tranquilles, si l'on peut dire, ils sont passés à quelque chose de plus violent. Ton agression d'abord, et ce car-jacking ensuite. Au fait, David, le soir où tu t'es fait attaquer, tu n'as rien vu venir ?

— Rien. Ni vu, ni entendu. La surprise totale.

— Et ta visiteuse était partie ?

— Depuis peu, oui. Enfin... pour ce qu'il m'en souvient.

— Dis-moi, quand ils t'ont agressé, est-ce que l'un d'eux portait une arme de poing ?

— Oui, un truc du genre Taser, je te l'ai dit.

— Excuse. J'ai encore un reste de fatigue.

— Mais le gars ne s'en est pas servi tout de suite.

— Peut-être que s'ils avaient eu le dessus plus vite, tu n'aurais pas eu droit à une décharge.

François se mit à arpenter la chambre. David savait ce que cela voulait dire : ses neurones travaillaient intensément. Il en profita pour relever sa tête de lit électriquement et boire un grand verre d'eau.

— Alors ta cogitation porte-t-elle ses fruits ?

— Pff ! J'ai plutôt l'impression que je rajoute des nœuds, oui !

— Dis à tonton David...

— Figure-toi que je suis en train de me demander si on n'aurait pas deux bandes de voleurs sur le terrain.

*

— Deux bandes ? s'étonna le brigadier-chef Renard en écarquillant les yeux.

— Et pourquoi pas ? fit le lieutenant Verdier.

— Parce qu'une ne suffit pas ? demanda le lieutenant Botrel.

Le capitaine Paoli venait de livrer le fruit de ses réflexions à ses hommes.

Et après un moment de silence consacré à l'assimilation de son exposé, ceux-ci lui livraient leurs réactions.

— Mais, au juste, François, pourquoi penses-tu à deux bandes ?

— Je ne sais pas… une idée qui m'est venue pendant que je rendais visite à David.

— Évidemment, comme on n'a aucun indice, aucun portrait-robot, on ne peut rien conclure. Donc, pourquoi pas deux bandes, en effet ?

— On a déjà évoqué cette possibilité après le braquage de Forestier, vous ne vous rappelez pas ?

— Hum ! La seule chose notable, c'est que le délai entre deux vols s'est raccourci.

— Ouais, ça et l'augmentation de violence en opération.

— Oui, mais ce n'est pas avec ça qu'on peut conclure à l'existence de deux groupes.

— Qu'en pense le juge ?

— Je ne sais pas, je ne l'ai pas vu. Je crois qu'il est absent cette semaine. Ce qui n'est pas plus mal.

François s'approcha du tableau et ajouta le car-jacking à la liste des vols précédents. Puis il fit deux pas en arrière et considéra les données inscrites. Massage de la nuque. Soupir.

— Qu'est-ce qu'on fait ?

— Que veux-tu qu'on fasse, Amos ? Si t'as une idée, vas-y, je t'écoute, je suis ouvert à toute proposition.

Mais Amaury Verdier secoua la tête et s'éloigna vers son bureau.

— Vous avez balancé les infos sur tout le territoire ?

— C'est fait, François. Gendarmeries et hôtels de police ont été prévenus, répondit le lieutenant Botrel. Les numéros des 4x4 ont été communiqués et inscrits au fichier des véhicules volés avec toutes les instructions. Mais, pour l'instant, on n'a eu aucun retour.

— S'ils sont seulement deux à piquer les bagnoles, ils ont une organisation du feu de Dieu sur laquelle ils peuvent compter pour les faire disparaître dans la nature. Vous avez diffusé les immat' à la PAF (Police de l'air et des frontières) ?

— Non seulement les immatriculations, mais aussi, pour ceux qu'on avait, les numéros de série.

— Les receleurs, les casses ?

— On était dessus… on commençait.

— Bien, alors, poursuivez.

Le capitaine Paoli était satisfait, ses hommes n'étaient pas restés les bras croisés.

Il se rendit dans leur petite cuisine et se servit une tasse de café.

Il la sirotait à petites gorgées, lorsque le lieutenant Verdier vint le prévenir qu'on le demandait au téléphone.

— Qui ça ?

— Luc Perrin, il t'attend au garage.

— Merde !

Comme s'il venait de recevoir une décharge électrique, le capitaine Paoli jaillit de la cuisine, en laissant sa tasse à moitié vide sur la table. Il avait complètement oublié ce rendez-vous. Il ouvrit la porte à la volée et dégringola les marches en bois le plus vite qu'il put.

Il traversa la cour commune à toutes les unités de police quimpéroise et pénétra dans un vaste hangar qui tenait tout à la fois de garage et de dépôt des véhicules impliqués dans des actes criminels.

— Désolé, les gars, je vous avais complètement oubliés ! confessa Paoli en arrivant.

— C'est bien ce qu'on pensait.

— Mais j'imagine que vous ne m'avez pas attendu pour commencer… Alors ?

— La caisse a été touchée quatre fois. Ici, ici, ici et ici, dit Gilles Monfort en désignant les impacts des balles. Selon les dires des Hiboux, leur voiture devait être à une trentaine de mètres, quand les autres se sont mis à leur tirer dessus.

— Et aucune balle dans le pare-brise ? s'étonna Paoli.

— Comme tu vois, pas de bris de verre. Par contre, le radiateur en a pris deux et c'est ce qui a mis fin à la poursuite. Nous avons récupéré les deux projectiles, les voici.

Gilles Monfort les exhiba, François Paoli y jeta un œil.

— Tu les soumets à la balistique ?

— C'est prévu, j'en ai parlé à Laurent Boissy. Il m'a déjà donné son avis sur les tirs. Pour lui, les mecs ont fait du dissuasif. C'est pour cela que le pare-brise est intact, ils n'avaient pas l'intention de tuer.

« Pas cette fois, sans doute, mais la prochaine ? » pensa Paoli en gardant bien cette réflexion pour lui.

— Tes hommes n'ont pas riposté, Luc ?

— Si, mais comme le radiateur les a lâchés...

— Ah oui, bien sûr... Mais ils n'ont pas touché du tout le 4x4 ?

— De quoi érafler la peinture, je crois... Ne perds pas de vue qu'ils étaient sous le coup de la surprise.

— Je ne l'oublie pas.

— Alors, François, tu fais de la mécanique ? l'apostropha Laurent Boissy.

Les deux policiers se serrèrent la main.

— Et toi, tu viens chercher du boulot ?

— Exactement. Monfort a dû te faire le topo, tu auras un rapport complet bientôt, ça te va ?

Pour approbation, Paoli opina et Boissy s'éloigna en agitant le sachet contenant les balles.

*

La journée s'acheva par l'extinction des ordinateurs et des lumières, et la fermeture de la porte palière.

Retour au domicile.

Bruits et odeurs domestiques. Sauf chez les Paoli.

Chez les Paoli, régnait le silence. Un mot sur la

table : « *Je vous rappelle que Pierre dîne et dort chez moi ce soir. Marcelline Coadou.* »

Pour quelle raison, déjà ? François ne s'en souvenait plus, mais il avait toute confiance en elle. Et certains soirs, le fait d'être dégagé de ses obligations paternelles n'était pas pour lui déplaire. Il ouvrit son bar et se servit une dose de whisky, puis se posta à une fenêtre pour la siroter en regardant dehors.

La sonnette de l'entrée – il s'agissait de Marine – le tira de ses pensées mélancoliques. Ils se firent une bise et François l'invita chez lui.

— Je te dérange ?

— Non.

— Tu en es sûr ?

— Oui. Certain.

— Fait pas très clair chez toi ! nota Marine.

— J'étais bien comme ça.

— Tu as dîné ?

— Pas encore.

— Ça tombe bien, moi non plus.

François se laissa entraîner par Marine et ils dînèrent dans un petit restaurant à la sortie de la ville. Après le repas, elle les conduisit à Bénodet. Ils laissèrent la voiture devant le casino et marchèrent vers le phare du Coq. De l'autre côté de l'embouchure de l'Odet : Sainte-Marine.

— Il fallait qu'ils soient bien renseignés, lâcha subitement François.

— Quoi ?

— Je pensais à l'agression de David.

— François… soupira Marine. Je t'ai sorti pour te changer les idées.

— Pardon.

— Mais c'est plus fort que toi, hein ? Si j'avais su, je t'aurais emmené à Concarneau.

Le voyant hausser les épaules et prendre deux mètres d'avance, elle réalisa qu'elle l'avait froissé.

Elle pressa le pas, le rattrapa et glissa son bras sous celui de François. Il ne se dégagea pas. Ils avancèrent ainsi, bras dessus, bras dessous, en silence, jusqu'à l'embarcadère des vedettes de l'Odet. Là, les cheveux flottant dans le petit vent du soir, ils s'arrêtèrent.

XI

Tous les hommes que comptait le détachement de police judiciaire quimpérois étaient présents, pourtant on n'entendait pas un mot. Seuls, le tapotement des touches de claviers informatiques et, parfois, le mécanisme de l'imprimante prête à produire un document papier troublaient ce silence studieux. Même le téléphone n'avait pas encore osé sonner.

Aussi le lieutenant Tanguy Botrel sursauta-t-il lorsque le fax cracha deux télécopies à un mètre de lui. Ce qui illumina le visage du brigadier-chef Marc Renard.

— Eh bien, Tanguy !

— Ben oui, là…

— Tiens, et si tu allais chercher le courrier ?

— Ouais, bonne idée, ça me dégourdira les jambes. Tu nous fais un café ?

Et pendant que Tanguy descendait chercher le courrier, Marc s'affaira dans la cuisine.

Le lieutenant Botrel remonta avec une dizaine d'enveloppes de toutes tailles qu'il tria. La plupart étaient destinées au capitaine Paoli.

— Tiens, une lettre anonyme…

L'enveloppe pré-affranchie était de taille standard. Dessus étaient inscrits les mots : « *PJ de Quimper* ». Paoli l'ouvrit, puis sortit une feuille pliée en deux.

— Alors, qu'est-ce que ça raconte ?

— Je ne sais pas. Il s'agit d'une suite de chiffres et de lettres, répondit-il en étalant la feuille sur une feuille vierge que Botrel venait de lui présenter.

— Des chiffres et des lettres ?

— Tiens, regarde.

Effectivement, chiffres et lettres se suivaient sur une page. Des intervalles réguliers entre chaque, mais pas de véritables espaces facilitant la lecture ni, surtout, la compréhension.

— Le café est prêt, les mecs ! annonça Renard.

— Bon, on verra ça après le jus, décida Paoli en glissant la feuille sous polypropylène pour la protéger.

Ils se rendirent à la cuisine où le brigadier-chef Renard avait fait le service. Mais, intrigués par l'énigme qu'ils venaient de recevoir, leur pause-café fut de courte durée. Et tous se réunirent autour du bureau de Paoli.

— Quel charabia !

— Peut-être pas, répliqua Paoli. Si on essaye de regrouper intelligemment les caractères… Tenez, ici on dirait une immatriculation. Non ?

— Heu… si… si, tu as raison !

— D'accord, et le reste ?

— Tu te penches dessus, Amos ?

Amaury Verdier acquiesça et emporta le document à son bureau, tandis que François Paoli contactait le service des cartes grises pour connaître le nom du propriétaire du véhicule. Il passa plus de temps qu'il n'aurait voulu mais obtint le renseignement souhaité.

— Le numéro correspond à un 4x4 qui appartient à un certain Olivier Blanchet, domicilié à Quimper.

— Encore un qui doit se garer à cheval sur les trottoirs pour justifier l'achat de son engin ! ricana Botrel.

— Ça y est, j'ai isolé les autres groupes, annonça Verdier.

— Je t'écoute.

— Ici, il s'agit d'une date. Et ça, il me semble que ça désigne une route ou un chemin. Ça ne devrait pas être bien difficile à trouver avec le GPS.

— Bien, je fais une photocopie et... Marc, tu pourras l'apporter à Gilles Monfort ?

— *Si señor !*

*

En début d'après-midi, Paoli et Verdier embarquèrent à bord de leur voiture et allumèrent leur GPS. Ils n'avaient qu'à suivre les indications de l'appareil pour retrouver le 4x4. Ils sortirent de Quimper par la D15. L'itinéraire imposé par le GPS de leur véhicule les conduisit dans la forêt de Laz.

— Je ne vois rien, fit Paoli alors qu'ils arrivaient à proximité du château de Trévarez.

— Moi non plus, mais on n'est pas encore arrivés au bout de la D36, et elle va jusqu'à Châteauneuf-du-Faou.

Paoli continua sa route et arriva à la bourgade de 3600 âmes.

— Eh bien, voilà, on y est, à Châteauneuf, dit-il en stoppant sur le bas-côté.

— Mouais…

— À quoi penses-tu, Amos ?

— À la lettre anonyme. Un quidam ne se déplacerait pas jusqu'à Quimper pour la glisser dans notre courrier pour des prunes, quand même ! Ou alors, ça fait cher la blague !

À ce moment, la radio de bord grésilla.

— Verdier, j'écoute !

— Je viens de faire quelques vérif', Blanchet n'a jamais signalé la disparition de son 4x4.

— Ah bon ? s'étonnèrent en chœur Paoli et Verdier.

— Donc pour ce qui est de la date qu'Amaury a décryptée, je ne sais pas si elle correspond à celle de la disparition du véhicule ou pas.

— Non, bien sûr.

— Au fait, vous l'avez trouvé ?

— Pas encore.

Verdier éteignit la radio.

— Quand même bizarre qu'un mec ne se soucie pas de la disparition de son tout-terrain, dit-il. Surtout pour une bagnole de ce prix !

— Peut-être pas. Il suffit qu'il soit absent de chez lui…

La voiture redémarra. Paoli effectua son demi-tour et repartit en sens inverse.

— Roule doucement… lui demanda Verdier.

— Je ne fais pas plus de 60 kilomètres/heure.

À l'orée de la forêt, Paoli rétrograda en troisième et, à l'approche de chaque chemin ou sentier, en seconde. La luminosité se faisait de plus en plus faible ; au-dessus des cimes des arbres couraient de lourds nuages noirs. Un éclair zébra le ciel.

— L'orage était annoncé ? interrogea Verdier.

— Je ne sais pas, mais ça ne va pas tarder à craquer.

Effectivement, deux minutes plus tard, le spectacle son et lumière débuta dans le ciel.

Phares allumés, essuie-glace en mouvement, la voiture de police avançait doucement sous la pluie quand un éclair plus puissant que les précédents fit réagir le lieutenant Verdier.

— Stop ! J'ai cru voir un truc par là…

— Où ça, Amos ?

— Là, un peu en arrière, sur la droite !

Paoli enclencha la marche arrière, puis manœuvra et s'enfonça sous les arbres.

— On va laisser la voiture ici et continuer à pied, décida-t-il.

Sortis de voiture, les deux officiers de police remontèrent leur col de blouson.

Paoli en tête, ils progressèrent sous les arbres qui gouttaient.

— Tiens, c'est là ! indiqua Verdier.

— En effet, c'est bien le 4x4 de Blanchet, l'immat' correspond. Reste plus qu'à faire gaffe où on met les pieds.

— À cause de la boue ?

— Aussi, répliqua Paoli en montrant des traces de pas qui revenaient du véhicule abandonné.

— Elles ne seront bientôt plus visibles avec cette pluie !

— La valise technique est dans le coffre ?

— Je vais voir.

Tandis qu'Amaury Verdier s'en retournait, François Paoli sortit son téléphone mobile et prit plusieurs clichés.

— Je l'ai !

— Bien. Je vais pouvoir recommencer mes photos correctement cette fois.

Il sortit une petite règle graduée qu'il plaça à côté des empreintes de pas et reprit plusieurs photos.

— On va protéger quelques empreintes avant que la pluie ne les efface, ensuite, on s'occupera du 4x4.

Ce qu'ils firent après avoir enfilé des gants.

— Eh bien, merde alors ! s'exclama Paoli en regardant à l'intérieur.

— Ah !

Sur le siège arrière, le corps d'un homme était affaissé sur le côté, son menton touchant sa poitrine comme s'il dormait…

— Qui est-ce ?

— Je ne pense pas qu'il me le dise si je lui demande, Amaury, répondit Paoli en ouvrant la portière.

L'habitacle ouvert libéra une odeur insoutenable. Paoli recula vivement et, pris de nausée, s'éloigna dans les fougères pour prendre appui contre un arbre. Il vida le contenu de son estomac. Malgré une meilleure résistance et un mouchoir placé devant sa bouche et son nez, le lieutenant Verdier dut reculer, lui aussi, pour emplir ses poumons d'air pur.

Il tourna la tête en direction de son supérieur qui,

plié en deux, crachait à présent un mélange de salive et de bile.

— Ça va, François ?

Le capitaine Paoli répondit d'un geste. Il prit une minute pour récupérer et revint vers Verdier.

— La vache ! Quelle puanteur !

— Ouais, ce n'est sûrement pas d'hier qu'il est là !

— Tu peux vérifier s'il a ses papiers sur lui, Amaury ? Je vais appeler la PTS et prévenir le parquet.

— D'accord.

Pendant que Paoli passait ses coups de fil, Verdier inspecta les poches du mort et les rangements de la voiture.

— D'après les permis de conduire et la carte grise, il s'agirait de Blanchet.

— De quoi est-il mort ?

— Je ne sais pas, il n'y a pas de trace apparente.

Ils se turent et chacun se plongea dans ses pensées.

Soudain, la lumière bleue d'un gyrophare apparut à travers les branchages. Et la voiture de la Police Technique et Scientifique s'engagea dans le sentier.

Par chance, Séverin Leclerc, le médecin légiste, faisait partie de l'équipage.

— T'as pas bonne mine, François, remarqua-t-il en le saluant.

— Il vient de gerber, l'informa Verdier en lui serrant la main. À cause de l'occupant de la bagnole, là.

— Ah ! Tiens, j'ai ce qu'il te faut, fit Séverin en plongeant la main dans une poche de sa parka.

— Qu'est-ce que c'est ?

— Kit de survie pour les gars dans ton état, répondit le légiste non sans malice.

Et d'une autre poche, il extirpa un morceau de sucre emballé.

— Trois ou quatre gouttes là-dessus et ça ira mieux dans deux minutes.

Le docteur Leclerc imbiba le morceau de sucre et le donna à Paoli.

— Merci Séverin.

— Donc, votre macchab est là-dedans…

— Ouais…

Le trio se tut et se mit à observer les techniciens de la scientifique affairés autour du 4x4 et de son occupant. À les voir, on devinait qu'ils avaient l'habitude de faire équipe car ils se parlaient peu, habitués à une méthode de travail.

— Vous pouvez venir, appela l'un d'eux. On a fini les photos dans l'habitacle, Capitaine.

— Bien, merci. À toi de jouer, Sev !

Vêtu d'une combinaison intégrale, de surbottes et d'un masque, le docteur Leclerc entra dans le 4x4 pour examiner le corps de près.

Une poignée de minutes après, il déclara :

— D'après mes premières observations, je peux tout de suite vous dire que votre client est là depuis au moins trois jours.

— Et de quoi est-il mort ?

— Il n'y a pas de blessure apparente ni de trace de strangulation… Il faudrait l'autopsier pour s'assurer qu'il s'agit bien d'une mort naturelle.

— Mais… t'as même pas une petite idée ? Ça m'étonne !

— Si, j'en ai bien une, tu as raison, François.

— Peut-on savoir ?

En guise de réponse, le docteur Leclerc approcha sa main droite du pli de son coude gauche et mima une injection.

— Eh bien, qu'attends-tu pour lui retrousser les manches ?

Le temps de se pencher sur le mort et Séverin Leclerc s'exécuta.

— Alors ? s'impatienta Verdier comme il ne disait rien.

— Ses bras n'ont rien, répondit Séverin d'une voix à peine audible.

— Ne fais pas cette tête-là ! Tout le monde peut se tromper.

— Sois un peu charitable avec lui, Amos !

Mais déjà le légiste ignorait le lieutenant Verdier et continuait son examen de corps. À deux mètres du 4x4, silencieux, les deux flics guettaient une révélation de leur légiste préféré.

Mais Séverin Leclerc se contenta de poursuivre ses observations en soliloquant. Paoli tira sur la manche de Verdier et ils s'éloignèrent.

XII

Deux heures plus tard, le site était débarrassé du 4x4 emporté par un camion à plateau. Plusieurs photos avaient été effectuées, un petit film vidéo enregistré sur caméra numérique, divers échantillons prélevés sur le sol et dans les arbres tout autour du véhicule, autant d'éléments nécessaires aux investigations de l'équipe de Paoli.

L'un après l'autre, les personnels policiers quittèrent la place, laissant la nature reprendre ses droits. Les derniers à partir étaient Paoli et Verdier ; ils s'arrêtèrent en cours de route dans un café.

Le zinc était occupé par deux clients qu'ils saluèrent d'un signe de tête en entrant, le reste de la salle était vide.

— Jo ! T'as du monde ! appela l'un d'eux.

— Ouais, j'arrive !

Quelques secondes s'écoulèrent avant que le dénommé Jo n'apparaisse. Il portait une chemise à carreaux digne d'un bûcheron canadien, un jean mouillé au niveau des cuisses, et traînait des chaussures qui auraient eu besoin de nouvelles semelles.

— Messieurs ! Qu'est-ce que je vous sers ?

— Deux cafés, s'il vous plaît.

— J'veux bien mais faudra attendre un peu, alors. La machine est en panne, faut que je fasse avec la cafetière de la maison. Ça ira quand même ?

— Oui, oui, répondit Paoli.

Jo abandonna ses clients. Le silence s'installa. L'observation aussi.

Le temps passa, Jo revint et servit les deux policiers qui payèrent immédiatement.

— 'scusez-moi, hein, pour l'attente ! Voici le sucre, dit-il en poussant un sucrier en inox vers Verdier et Paoli.

Les deux habitués laissèrent de la monnaie sur le comptoir et prirent la direction de la sortie.

— Bon, à plus tard, Jo !

— D'accord, les gars, kenavo !

Ils n'auraient pas su dire pourquoi, mais les deux Quimpérois éprouvèrent un certain soulagement à se retrouver seuls au comptoir. La fatigue, peut-être…

— On peut avoir un autre café ? demanda Paoli en réprimant un frisson.

— Bien sûr, M'sieur !

Jo allongea le bras et saisit la cafetière.

— Vous avez attrapé froid dans les bois ? interrogea-t-il.

— Pardon ?

— Pas besoin d'être Sherlock Holmes pour deviner d'où vous venez, y a qu'à regarder vos cheveux humides et vos godasses crottées.

— Vous êtes observateur…

— Un peu, oui, et en plus, je suis le seul café à l'orée, alors… pensez si j'ai l'habitude d'en voir des promeneurs de la ville dans vot' genre !

Paoli et Verdier burent leur café pendant que Jo faisait un peu de vaisselle.

— Vous devez en voir passer du monde…

— Ouais… Ça dépend des jours… Mais c'est surtout les week-ends qu'on tourne bien.

— Avec les promeneurs ?

Jo répondit d'un hochement de tête.

— Combien je vous dois ? demanda Paoli en mettant la main à la poche.

— Quatre euros quarante.

La monnaie posée sur le comptoir, les deux policiers saluèrent et sortirent.

Dehors, la pluie tombait. Ils coururent à leur voiture et s'y engouffrèrent. La baisse de température avait créé de la buée. Paoli alluma le moteur et poussa la ventilation à son maximum. En attendant que son pare-brise fût sec, il regardait le bar, “La Chaumière de l'Orée”.

— Ça ne m'étonne pas qu'il n'ait pas foule, Pépère, dit le lieutenant Verdier qui le regardait aussi. Son bistrot est vieillot et limite sinistre par un temps comme aujourd'hui.

— Sinistre ?

— T'as pas remarqué ? Il n'y a même pas un poste de radio pour faire un fond sonore. Et pour la lumière, c'est à peine mieux… Déprimant ! T'as vu ? D'ici, on ne sait même pas si c'est ouvert ou pas.

— Ouais… Bon, on y va !

Paoli enclencha la première et engagea la voiture sur la route. Il était temps de rallier Quimper.

*

Chemin faisant, Paoli et Verdier commentèrent leur virée campagnarde. Quand ils en vinrent au 4x4, ils ne purent s'empêcher de repenser à leur corbeau. Et à force d'en parler, une thèse émergea : le corbeau devait avoir l'habitude de se balader dans la zone où il avait découvert la voiture.

Un promeneur qui emprunterait régulièrement le même circuit ou presque ? Possible. Autant chercher une aiguille dans une botte de foin !

— Mais… j'y pense maintenant, François…

— Oui, quoi ?

— Tu crois que la découverte de ce 4x4 avec un macchabée dedans a quelque chose à voir avec nos home-jackings ? Parce qu'apparemment, il n'était pas déclaré comme volé…

— Je n'en ai aucune idée, Amos. Franchement aucune. Disons que j'ai rapproché le message du corbeau à nos affaires parce qu'il mentionnait un 4x4. Mais à part ça…

François Paoli se tut, le temps de négocier un passage dans un rond-point, puis il ajouta :

— De même que je me demande à quoi va me servir l'autopsie.

— Mais tu vas quand même la demander, n'est-ce pas ?

— Oui.

Paoli rangea la voiture et ils en sortirent sous la pluie. Ils coururent jusqu'à la porte de la PJ dont Verdier composa le code.

Les vieilles marches en bois accueillirent leurs semelles mouillées, elles en conserveraient la trace pendant de longues minutes.

Verdier fut le premier à entrer dans le bureau.

— Alors, qu'est-ce que ça a donné, votre virée ?

— On a trouvé le 4x4, il doit être arrivé sur camion à plateau pour maintenant.

— Sinon, t'es allé voir Monfort pour la lettre du corbeau ?

— Oui, il devrait appeler quand…

À ce moment-là, le téléphone lui coupa la parole : c'était Gilles Monfort. Tanguy Botrel passa la communication à François Paoli. Le résultat était négatif : aucune trace exploitable n'avait été relevée sur le message.

— De toi à moi, je m'y attendais, Gilles. Bon, pour le 4x4 du message…

— Oui ?

— Je veux assister à son examen.

— Pas de problème, mais il te faudra attendre demain après-midi. Je dois partir, là, et je ne reviens qu'en milieu de matinée demain.

— D'accord. Salut Gilles, à demain !

Il reposa le téléphone sur son socle. Et jeta un œil à la pendule murale. Puis composa un numéro et attendit.

— Séverin ? T'as déjà rangé ton client au frigo ? Ah, tu étais en train de le faire ! OK, alors, attends un peu, je vais monter lui prendre ses empreintes. Ouais, pour confirmer… Ouais.

Cinq minutes plus tard, le capitaine Paoli sonnait à la porte de la morgue. L'assistant du médecin légiste lui ouvrit et le salua.

— Bonsoir Capitaine, je m'en vais. Le docteur Leclerc vous attend en salle 1.

— Merci, bonne soirée.

Paoli se rendit au vestiaire et enfila une tenue stérile. Puis, muni de son matériel, il entra dans la salle 1.

— Je suis en train de finir de prélever sous ses ongles, dit Séverin à travers son masque de chirurgien. Quand tu m'as dit que tu venais, j'ai pensé qu'il valait mieux que je lui fasse la manucure d'abord.

— Tu as bien fait, Sev, dit François en ouvrant sa mallette.

Le temps qu'il prépare son nécessaire, le médecin légiste avait fini son travail.

— Voilà, François, il est à toi.

— Merci. Je n'en ai pas pour très longtemps.

— Tu pourras le ranger dans son tiroir ?

— Pas de problème.

Et il se mit au travail tandis que le médecin légiste sortait en retirant son masque.

Il ne se sentait pas bien. Le cœur au bord des lèvres, le front en sueur, la vue brouillée, il s'y reprit à deux fois pour relever l'empreinte des derniers doigts.

Son travail fini, il rangea son matériel et ferma sa

mallette. Une nouvelle nausée, accompagnée d'une sensation de tournis, le prit tandis qu'il remontait la fermeture Éclair du sac et poussait le brancard à l'intérieur de la chambre froide.

Ce fut en sortant de la salle 1 que le capitaine Paoli défaillit, entraînant un petit chariot porteur de quelques ustensiles dans sa chute. Le tintamarre métallique qui se produisit dans le couloir alerta le médecin légiste.

— François !

Séverin dégagea François, puis défit deux boutons du haut de sa chemise et desserra sa ceinture de pantalon.

Il s'absenta brièvement, le temps d'aller chercher un stéthoscope et un tensiomètre dans son bureau. Ce n'était pas le genre de matériel dont il se servait pour ses "clients", mais plutôt pour les bleus qui assistaient à leur première autopsie. Comme il s'y attendait, les chiffres étaient trop bas.

Il suréleva les jambes de Paoli et s'absenta à nouveau. À son retour, il lui fit une injection. Le policier battit des paupières : il revenait à lui.

— Hé, ho ! Tu m'entends, François ?

— Oui…

— Eh bien, mon vieux ! Tu ne supportes plus la vue d'un cadavre ?

— Séverin ? Mais…

Incapable de la maintenir dressée, François reposa la tête, comme si ce mouvement avait mobilisé toute son énergie.

— Tu as fait un malaise vagal. Je t'ai fait une piqûre, ton pouls est un peu faible.

— J'ai froid…

— Je vais chercher une couverture.

Séverin en avait une dans un placard, il l'utilisait les jours de panne de chauffage lorsqu'il devait faire des comptes-rendus urgents d'autopsie. Il en couvrit François, puis alla faire un peu de rangement dans son bureau. Pas trop, car il affirmait qu'il trouvait mieux ses dossiers dans ce qu'il appelait « son bordel organisé ».

C'est alors que le téléphone sonna.

— Allô ? Ah ! Lieutenant Verdier… Oui, il est ici… Si… Si, il a fini sa prise d'empreintes depuis un petit moment, mais il a fait un malaise. Il est en train de récupérer. Je ne sais pas combien de temps… D'accord.

Son téléphone raccroché, il se pencha à nouveau sur le capitaine Paoli et lui reprit pouls et tension.

— Que voulait Amaury ? interrogea François.

— Ce n'est pas lui qui te cherche, mais ton fils. Et comme Pierre n'arrivait pas à t'avoir sur ton portable, il a appelé ton numéro à la PJ.

François rabattit la couverture, décidé à se lever. Mais, dès qu'il se fut redressé, les carreaux de la mosaïque environnante se mirent à tournoyer, créant un kaléidoscope étourdissant. Il ferma les yeux.

— Tu as voulu aller trop vite, le gronda Séverin tout en l'aidant. Tu ferais mieux de t'asseoir.

— Merci, dit François en s'exécutant.

— Tiens, je me demande si ce n'est pas Verdier qui arrive…

Le légiste venait de voir une voiture s'immobiliser à quelques mètres de sa porte, après une manœuvre. Le passager avant sortit et sonna, tandis que la voiture repartait.

— Bonsoir, toubib !

— Entre, Amaury. Ton chef est dans mon bureau. J'espère qu'il n'est pas de service cette nuit.

— Non, c'est Botrel.

— Ah ! Tant mieux.

Après avoir échangé ces quelques mots sur le seuil, Amaury se rendit au vestiaire récupérer le blouson de François et ils s'en allèrent.

*

— Te voici arrivé, annonça Amaury en stoppant la voiture de service au pied de l'immeuble de François.

— Merci Amos. À demain !

François appela son ascenseur. Mais il était bloqué à un étage par des ados dont on entendait bien les voix et les rires. À d'autres moments, il aurait grimpé les escaliers pour les sermonner, mais ce soir, il s'en sentait incapable : une sorte de coton avait remplacé les muscles de ses jambes. Il tapa sur la porte métallique pour réclamer la cabine. Le seul effet que cela produisit fut une cascade de gloussements.

— Ah ! Il est encore bloqué, cet ascenseur ? fit une voix dans son dos.

— Oui, on dirait bien... répondit François en se tournant.

Voyant son air pâle et fatigué, le docteur Parc se fâcha.

— Vous allez me débloquer cet ascenseur tout de suite ou j'appelle les flics ! menaça-t-il.

On entendit des ricanements, d'autres gloussements, des coups donnés sur les parois de la cabine.

— Alors, ça vient ou je fais le 17 ?

Ceux qui monopolisaient l'ascenseur ne pouvaient pas ignorer la signification du 17, une plaquette rappelant les numéros d'urgence était apposée sur une de ses parois. Quelques secondes plus tard, la cabine descendit jusqu'au rez-de-chaussée.

Les deux hommes y pénétrèrent, la cabine s'éleva.

Quelle ne fut pas la surprise de François en voyant le docteur Parc le suivre à sa porte.

— Vous venez chez moi ? Mon fils est malade ?

— Pas que je sache, répondit le médecin, mais vous, visiblement, vous ne tenez pas debout.

Ils entrèrent. L'appartement était vide, Pierre se trouvait chez Marine ainsi qu'il l'avait écrit sur un mot destiné à son père.

François eut droit à une auscultation et un interrogatoire en règle. Quand ce fut fini, le docteur Parc lui proposa un arrêt de travail de huit jours.

— C'est impossible, mes hommes et moi sommes sur un gros dossier.

Ils s'observèrent en silence.

Parc renonça.

— Bon, comme vous voudrez… Mais essayez de vous ménager un peu plus de temps libre. Non seulement, cela vous fera du bien, mais j'en connais un qui ne s'en plaindra pas non plus.

— Je vais essayer, promit François en raccompagnant le docteur Parc.

XIII

Pour la deuxième fois, à cinq minutes d'intervalle, le réveil alla jusqu'au bout de sa sonnerie sans parvenir à tirer François de son sommeil. Auparavant, le radioréveil avait déjà chanté et donné les infos pendant trente minutes sans y parvenir.

Et ni les claquements de portes d'étages, ni les cris des enfants dans la rue, ni les bruits de circulation n'avaient eu d'effet. Inconscient de cette agitation matinale du quotidien banal, il dormait.

Le temps passa.

Sonnerie de son téléphone mobile sur sa table de nuit. Il allongea une main et souleva le clapet.

— François ? T'as vu l'heure ?

— Hon…

— Je te réveille ?

— Hon…

Incapable de répondre par autre chose que ce « hon », il referma son téléphone.

Les aiguilles de sa montre continuèrent leur course inexorable.

Midi approchait quand François émergea enfin de son sommeil. Il s'assit sur le bord de son lit. Se frotta les yeux. Se leva et s'étira.

Il avait faim ! Aussi dérogea-t-il à l'ordre habituel

qui voulait qu'il se douchât avant d'avaler quelque chose. Il se composa une copieuse collation qu'il accompagna de deux bols de thé. Et prit son temps pour consommer le tout.

Ce ne fut qu'une fois restauré, douché, rasé de près et vêtu de propre qu'il écouta les messages enregistrés par son téléphone.

Son blouson sur le dos, il descendit à son Audi et se rendit à la PJ.

Les locaux étaient vides, ses collègues n'étaient pas revenus de leur pause-déjeuner. Il fit l'inventaire de son courrier, trouva un rapport de l'IJ qu'il ouvrit et parcourut rapidement. Le document confirmait l'identité du mort découvert à l'intérieur du 4x4 des bois de Laz : Olivier Blanchet.

— Reste à savoir de quoi il est mort... soliloqua François.

Il jeta un coup d'œil à sa montre, il avait un peu de temps devant lui avant d'assister à l'examen du 4x4 de Blanchet. Aussi s'intéressa-t-il à la lettre du corbeau. Ce dernier avait utilisé une enveloppe pré-affranchie, rien de spécialement suspect à cela, il en circulait des centaines et des milliers par jour en France. L'adresse : « PJ de Quimper ». Il avait suffi qu'un employé des postes dépose la lettre sur le tas destiné à l'hôtel de police pour qu'elle parvienne à la PJ. Jusqu'ici, rien d'anormal.

À présent : le contenu. Après déchiffrage, il avait révélé l'endroit où se trouvait le véhicule de Blanchet. Mais que signifiait la date ? Était-ce le jour où le corbeau l'avait repérée pour la première fois ? Et s'il avait vu la voiture, en avait-il fait le tour ? Avait-il vu le corps de Blanchet à l'intérieur ? Si oui, était-ce pour cela qu'il avait écrit à la PJ ? Et pourquoi avait-il écrit à la PJ au lieu d'aller à la gendarmerie signaler sa découverte ?

La sonnerie du téléphone le tira de ses réflexions.

— Paoli.

— Prêt pour l'examen du 4x4, François ?

— J'arrive, Gilles !

Il avait à peine raccroché que ses hommes entrèrent. Il les salua rapidement et demanda au lieutenant Verdier de l'accompagner.

— Tu as meilleure mine qu'hier soir, le complimenta Verdier. Faut dire que ce n'est pas dur, vu l'état dans lequel tu étais. Je ne t'ai pas vu comme ça depuis un bout de temps.

— Tu veux que je te dise ? Moi non plus.

Et Paoli allongea le pas pour faire comprendre à son adjoint que le sujet était clos.

Ils arrivèrent au garage où devait être examiné le véhicule de Blanchet. Ils serrèrent la main à Gilles Monfort et passèrent une combinaison intégrale.

— Tu as déjà effectué l'examen extérieur ou pas ? lui demanda Paoli.

— Non, je vous ai attendu. Je sais que tu aimes tout voir de A à Z, pas vrai, François ?

— Si.

— Bon, alors, c'est parti !

Gilles Monfort commença par un bref descriptif

extérieur du 4x4 : sa marque – Porsche – son modèle – Cayenne – sa couleur – gris métallisé – et, bien sûr, son immatriculation. Un de ses hommes prit plusieurs photos, bien que d'autres eussent déjà été prises sur le lieu de sa découverte.

— Voyons le plus intéressant maintenant, l'intérieur. Par quoi veux-tu commencer, François ?

— L'arrière. C'est là que se trouvait Blanchet.

*

Le capitaine Paoli et le lieutenant Verdier passèrent une grande partie de leur après-midi à observer et prélever tout ce qui pourrait leur servir dans le véhicule.

Leurs premières observations ne leur apprirent pas grand-chose. Mais ils étaient à peu près sûrs d'une chose, c'était que Blanchet n'avait pas été installé par un tiers à l'arrière de son véhicule.

— Cela ne veut pas dire pour autant qu'on ne l'y a pas contraint, fit remarquer Monfort.

— Tu as donné les traces à analyser ?

— C'est en cours, oui. Mais, vu que le Cayenne était dans les bois, je ne serais pas étonné qu'on y trouve des traces animales.

— C'est bien possible, en effet…

Après s'être débarrassés de leur combinaison, Paoli et Verdier sortirent du garage et reprirent la direction de leur bureau.

— Alors, l'examen du Cayenne ? s'enquit Tanguy Botrel.

— Pas de trace d'effraction à l'extérieur ni de lutte à l'intérieur.

— Donc rien de parlant…

— Pour l'instant, non. Intérieur propre… À peine un peu de terre sur les tapis de sol.

— Tu penses que le ménage a été fait ?

— Pour ça, il faut attendre les conclusions de Gilles et de ses techniciens, répondit Paoli en décrochant son téléphone. Puis-je parler au juge Potier, je vous prie ? C'est bon, je patiente.

Comme la greffière l'avait mis en attente sur un peu de musique classique, Paoli en profita pour consulter le tableau où étaient consignées toutes les données des braquages. Lorsqu'enfin, il entendit la voix du juge, il s'était écoulé plus de cinq minutes.

— Alors, du nouveau ?

— Oui et non, Monsieur le juge. Je voulais juste vous informer que je vais faire pratiquer une autopsie.

— Sur qui ? Je ne vous ai pas confié d'affaire d'homicide, que je sache…

— La victime est un dénommé Olivier Blanchet.

— Qui, dites-vous ?

— Olivier Blanchet…

Il y eut un long blanc à l'autre bout du fil. Si étrange que, cette fois, ce fut à Paoli d'interpeller le juge Potier. Puis il y eut un raclement de gorge et une profonde inspiration.

— Excusez-moi, dit Morgan Potier d'une voix blanche.

— Vous connaissiez Blanchet ? supposa Paoli.

— Oui. C'était le parrain de ma fille. Un instant, voulez-vous ?

Morgan Potier masqua de la main le micro de son combiné, le temps d'un échange avec sa greffière. Il reprit :

— Je règle un ou deux détails ici et je viens vous voir.

— Bien, à tout de suite.

Un coup d'œil à sa montre indiqua à Paoli que la journée de ses hommes touchait à sa fin. D'ailleurs, Botrel et Renard s'habillaient en vue de partir.

— C'est l'heure pour toi aussi, Amos, lui rappela Paoli.

— Je sais… mais j'ai deux ou trois trucs à finir.

Botrel et Renard partis, le lieutenant Verdier continua à saisir quelques actes sur son ordinateur. Paoli se rendit en cuisine pour y faire un peu de café.

Lorsque Morgan Potier se présenta à la porte extérieure, le capitaine Paoli descendit lui-même l'accueillir. Ils se serrèrent la main et Paoli monta devant Potier.

— Vous savez ce que j'aime dans vos locaux, Paoli ?

— Non…

— Votre vieil escalier plus ou moins ciré. Il est… comment dire ? Il a quelque chose de chaleureux.

— Cela tient au bois, sans doute…

— Probablement.

En haut de l'étage, Paoli s'effaça devant le juge et ferma la porte.

— Lieutenant Verdier…

— Monsieur le juge…

Morgan Potier prit place sur la chaise que lui avait désignée François Paoli et accepta une tasse de café.

— Je vous écoute.

Le chef de la PJ quimpéroise fit son rapport au juge qui l'écouta sans l'interrompre.

— Composez-moi le numéro du capitaine Monfort, demanda-t-il au bout d'un moment.

— Étant donné l'heure…

— Essayez quand même, Verdier.

— Bien, Monsieur le juge.

Vingt secondes plus tard, Verdier entendait Monfort. Il lui passa Potier. L'échange entre le magistrat et l'officier de police fut court : Potier donna l'ordre express à Monfort de faire passer les analyses du véhicule de Blanchet en priorité.

— Et maintenant, le docteur Leclerc.

Mais, là, le téléphone sonna dans le vide car il avait quitté son lieu de travail.

— Vous avez son numéro de portable, Paoli ? Appelez-le.

Paoli chercha le numéro et le composa. Dès qu'il eut le légiste, il lui passa le juge qui ne lui parla que le temps nécessaire pour lui ordonner l'autopsie de Blanchet le lendemain matin. Le légiste assura qu'il la débuterait à 8 heures 30.

— Et voilà, dit-il en rendant l'appareil à Paoli. J'aimerais que vous qui y assistiez, Paoli.

Le chef de la PJ lui répondit d'un signe de tête.

Puis Morgan Potier se dirigea vers la porte et sortit sur un « Messieurs ».

Paoli et Verdier eurent à peine le temps de rendre son salut au juge que ce dernier avait fermé la porte en sortant. Ils se regardèrent, médusés.

— Eh ben, mon vieux, j'espère que tu tiendras le coup demain matin chez Sev ! fit Verdier.

— Allez, on ferme et on rentre, Amos.

XIV

Il était à la bourre. Il avait passé une nuit difficile, une de plus.

Aussi le capitaine François Paoli se rendit-il directement de son domicile à la morgue.

Il arriva en même temps que le lieutenant Verdier auquel il avait demandé de l'accompagner. Ils se serrèrent la main et, après avoir sonné, attendirent. Ce fut l'assistant du médecin légiste qui leur ouvrit.

— Entrez ! Le docteur Leclerc n'est pas encore arrivé, mais il ne va pas tarder. Un petit souci de démarrage de voiture.

— Ah ! Dans combien de temps pense-t-il être là ?

— D'ici cinq minutes. L'autopsie se fera en salle 2, leur indiqua l'assistant en s'éloignant dans le couloir.

— Viens, allons nous habiller, suggéra Paoli.

Ils avaient à peine fini de revêtir des tenues stériles que Séverin Leclerc entra.

— Ah, bonjour ! leur dit-il. Le temps de me changer et je vous rejoins…

Il partit en déboutonnant son manteau.

Quelques minutes plus tard, il retrouva son assistant,

Amaury Verdier et François Paoli autour de la table de la salle 2.

— Prêts, Messieurs ?

Deux hochements de tête lui répondirent et Séverin Leclerc commença par l'habituel examen du corps de la victime. Il en avait déjà effectué un dans l'habitacle du Cayenne, mais comme la victime était un proche du juge Potier, il avait décidé de le refaire.

*

L'autopsie toucha à sa fin. Paoli et Verdier sortirent de la salle avec le légiste. Ils ôtèrent leur masque. Une sensation de fraîcheur remplaça la moiteur qu'ils avaient dû supporter pendant l'autopsie de Blanchet.

— Je vous offre un café ? proposa le docteur Leclerc.

— Je veux bien, dit Paoli.

— Moi aussi.

Paoli, au bord de la nausée, et Verdier, à peine plus vaillant, partirent au vestiaire. Ils se lavèrent les mains et se passèrent tous les deux de l'eau sur la figure. En silence. Perdus dans leurs pensées.

Ils s'essuyèrent et rejoignirent le médecin légiste dans son bureau.

— Je vous préviens, je l'ai fait un peu corsé, leur dit ce dernier en leur servant le café.

— Merci.

— J'aimerais bien que les prélèvements et les biopsies de Blanchet ne traînent pas trop, Sev.

— Ne t'en fais pas, Fanch, d'ici une paire d'heures, ils seront partis.

— Parfait.

— Cependant, je ne pense pas que cela nous apportera grand-chose de plus. Vous avez vu l'état des artères de Blanchet…

— Oui, répondit Verdier en se remémorant cette partie de l'autopsie. On a vu mieux.

Leur café avalé, Paoli et Verdier prirent congé du médecin légiste. C'est peu de dire qu'ils apprécièrent leur retour à l'air libre, même si le crachin avait fait son apparition. À moins que, justement, ce ne fût ce qu'ils apprécièrent…

— Il y a quand même un truc qui me chiffonne dans la mort de Blanchet, François.

— Je t'écoute…

— Je m'étonne que personne de sa famille ne se soit inquiété de ne pas le voir…

— Oui, moi aussi, j'y ai pensé. Il faudra que j'en touche deux mots à Potier. Bon, on se retrouve plus tard à la boutique.

— Où vas-tu ?

— Si on te le demande… j'ai besoin de respirer.

*

L'autopsie d'Olivier Blanchet lui avait mangé toute sa matinée.

Il démarra son Audi et quitta l'hôpital par la rue Émile Zola. Prit à gauche et descendit en direction de

Bénodet via la rue de l'Université. Comme il l'avait dit à Verdier, il avait besoin de changer d'air, de respirer les embruns.

Et des embruns et de l'air frais, Paoli en eut ! Le vent de sud-ouest poussa de lourds nuages qui crevèrent alors qu'il marchait vers la pointe Saint-Gilles. Mais au lieu de courir se mettre à l'abri d'une haie de jardin, il se laissa fouetter le visage par le vent et la pluie.

Lorsqu'il estima avoir été assez purifié par les éléments, il revint sur ses pas.

Il entra dans un café et commanda un sandwich et un demi qu'il consomma debout au bar. Après un café, il paya en s'excusant pour la flaque d'eau qu'il laissait derrière lui.

Quand il mit le nez dehors, la pluie avait cessé, pas le vent : il frissonna.

Deux éternuements successifs l'incitèrent à pousser les portes d'un magasin de vêtements. Trente minutes plus tard, il en ressortait vêtu de sec avec, en plus, un chandail pour Pierre.

Il rentra à la PJ.

— Ah ! Voici le chef ! avertit Marc Botrel en voyant Paoli monter l'escalier.

— Bonjour tout le monde !

— Salut, lui répondirent ses hommes.

Il s'assit à son poste de travail et, tout en consultant son courrier, annonça :

— Il semble que le décès du sieur Blanchet soit naturel. Séverin pense à une attaque cardiaque.

— Ah !
— Vous avez eu des nouvelles de Gilles ?
— Un résultat provisoire par Intranet.
— Et ça dit ?
— Que les gars de la PTS ont trouvé deux autres jeux d'empreintes dans le Cayenne. Principalement à l'arrière et côté passager. Monfort pense que Blanchet a transporté deux passagères.
— Passagères ? réagit Paoli.
— Son “renifleur” a détecté des odeurs de parfum féminin, deux précisément. On a aussi trouvé deux sortes de cheveux blonds. Un court et un long. Tout est en cours d'analyse.
— Merci. Bon, on va aller en perquise, Tanguy, tu m'accompagnes.
— Chez qui allons-nous ?
— Blanchet.

*

Le mort des bois, célibataire, vivait dans un quartier agréable, fraîchement rénové. Un voisinage tranquille, niveau social assez aisé.

Paoli rangea la voiture à trente mètres de l'immeuble de standing où résidait Blanchet. Puis, Botrel et lui en sortirent et coururent jusqu'au porche sous une pluie battante.
— Tu as le code, François ?
— Oui, Potier me l'a donné.

Paoli composa le code de la lourde porte d'entrée

à double vitrage. Ils se retrouvèrent dans un hall dallé de marbre. Botrel ne put retenir un petit sifflement tandis que Paoli jetait un œil à la boîte aux lettres ; il l'ouvrit et sortit le courrier.

— Montons ! Deuxième étage.

Ils dédaignèrent l'ascenseur et grimpèrent l'escalier, tout en marbre lui aussi. La porte palière du deuxième étage s'ouvrait sur un couloir qui donnait sur quatre portes. La première sur leur droite était la bonne. Ils enfilèrent des gants en vinyle puis Paoli tourna les clefs dans les trois serrures.

Ils entrèrent dans un hall tendu de velours rouge grenat. Un secrétaire d'époque à gauche, une console et un fauteuil à droite. Botrel suivit Paoli dans l'enfilade de l'appartement. Ils pénétrèrent dans un vaste salon ; canapés et fauteuils de cuir vert, style Chesterfield, table de salon en merisier, un ensemble home vidéo dernier cri : l'homme ne se refusait rien.

— Mate un peu le bar, François !

Sur les étagères éclairées par une mise en lumière discrète, de nombreux verres en cristal étincelaient. Derrière une porte, un réfrigérateur contenait quelques bouteilles de soda, un reste de vin blanc et quelques jus de fruits.

Ils revinrent sur leurs pas, poussèrent des portes. Ici une chambre, là un bureau.

— Le bureau d'abord, décida Paoli.

Deux des murs étaient couverts de livres, un choix très éclectique de genres et d'auteurs. Au centre de la pièce, un épais tapis de laine aux motifs modernes s'étalait sous un bureau en merisier comportant deux blocs de tiroirs latéraux.

— Merde ! Ils sont fermés à clef !

— Pas pour longtemps ! plaisanta Botrel en agitant sa trousse magique sous les yeux de son supérieur.

Après quelques minutes de subtiles manipulations, il réussit son déverrouillage. Il laissa l'honneur de la fouille à son chef. Mais le contenu des tiroirs s'avéra assez décevant : des relevés de compte bancaire, des quittances d'électricité et de gaz, des factures d'eau, d'autres de pressing…

— Pas très excitant, tout ça, commenta Paoli en s'attaquant au bloc de gauche.

Le tiroir du haut contenait une boîte de cigares et un coffret de chocolat. Il le referma et ouvrit celui d'en dessous.

— Ah, enfin quelque chose d'intéressant !

— Quoi ? Sa correspondance ?

— Et ça ! dit Paoli en brandissant un petit répertoire.

Il l'ouvrit et le feuilleta.

— Dis donc, il les collectionnait, Blanchet ? Y a rien que des noms de nanas là-dedans, constata Botrel par-dessus son épaule.

— C'était son droit, tu sais…

— Ouais, le privilège du célibat !

Paoli ne put répondre à Botrel, son téléphone venait de sonner. Quelques mots, et il le rempocha en disant que deux hommes de l'IJ arrivaient faire des relevés d'empreintes.

— Passons à la chambre avant qu'ils ne foutent de la poudre partout.

— D'accord.

Botrel le suivit dans la chambre de Blanchet.

S'ils avaient trouvé un bureau en ordre, ce ne fut pas le cas pour la chambre. Meublée d'un lit double de grande dimension, d'une armoire aux portes miroitantes et d'une table de nuit, son sol disparaissait sous la literie et des vêtements. Ils y entrèrent presque sur la pointe des pieds et en firent le tour.

— Tiens, tiens, on dirait qu'il aimait s'amuser... dit Botrel en trouvant des préservatifs et des accessoires dans le tiroir de la table de nuit.

— Par ici, les gars ! cria Paoli aux techniciens de l'identité judiciaire.

Tout comme Botrel et Paoli auparavant, ils entrèrent précautionneusement dans la chambre. L'un d'eux regarda autour de lui à la recherche d'une place pour y poser son matériel. Finalement, il opta pour un coin, près de la porte.

Paoli et Botrel passèrent ensuite dans la salle de bains. Et, là, surprise : deux brosses à dents se croisaient dans un verre.

— Il semblerait que sa dernière conquête ait oublié quelque chose après elle, dit Botrel.

— Emballe-les et file-les aux gars de l'IJ.

François Paoli inspecta le contenu de l'armoire de toilette qui servait également d'armoire à pharmacie. Derrière les produits d'hygiène, il trouva un sachet de poudre blanche qu'il identifia.

— Cocaïne, dit-il à Botrel qui l'interrogeait du regard.

— Décidément, pas aussi blanc que la neige qu'il prenait, notre homme !

— À moins qu'on ait voulu le piéger, opposa Paoli en prenant son téléphone.

Il sortit de la salle de bains en composant son numéro.

XV

Morgan Potier lui avait donné rendez-vous et l'attendait au Connemara Queen, un nouveau pub qui venait de s'ouvrir à une sortie nord de la ville.

L'endroit n'était pas encore très fréquenté, mais il ne tarderait pas à l'être car il y régnait une ambiance chaleureuse.

François Paoli tira la porte avec dix minutes de retard. Avant d'aller s'asseoir à la table du juge, il l'observa. Potier ne manifestait aucune impatience.

— Bonsoir, et merci d'être venu, François !

— J'ai un peu de retard, j'espère que vous ne m'en voudrez pas.

— Pas du tout. Que buvez-vous ? demanda Morgan en appelant la serveuse d'un geste.

— Whisky.

— Deux whiskies, Mademoiselle.

Ils attendirent d'être servis et d'avoir trempé leurs lèvres dans leur verre pour aborder le sujet qui les réunissait ce soir-là.

— Parlez-moi de Blanchet. J'ai besoin d'en savoir le maximum sur lui.

— Olivier était quelqu'un d'apprécié. Il aimait son métier et le faisait bien. Je n'ai jamais entendu dire quoi que ce soit contre lui, c'est vous dire !

— Saviez-vous qu'il se droguait ?

— Olivier ? Se droguer ? Ça m'étonnerait bien !

— J'ai trouvé de la cocaïne dans son armoire de salle de bains.

— Beaucoup ?

— De quoi se faire quelques rails, tout dépend de la consommation…

— D'autres traces dans les autres pièces ? Au salon ou dans la chambre ?

— Oui, sur sa table de nuit.

— Olivier avait de nombreuses fréquentations féminines, il peut s'agir de l'une d'elles.

— Et elle aurait caché sa poudre dans son armoire de toilette ? Permettez-moi d'en douter…

Le ton de Paoli suggérait qu'il ne savait comment nommer son interlocuteur. Aussi le juge Potier le tira-t-il d'embarras en lui permettant de l'appeler par son prénom.

— Sauf, si elle s'était installée chez Olivier, dit Morgan en infirmant l'idée de François.

— Nous n'avons pas trouvé d'effets féminins. Mais une deuxième brosse à dents, oui.

— Elle est à lui aussi. Il utilisait deux brosses. Il se brossait les dents avec l'une et entretenait son appareil dentaire avec l'autre.

— Mais… pour en revenir aux fréquentations féminines d'Olivier, avez-vous une idée de la dernière jeune femme qu'il voyait ?

— Cela a-t-il une importance ?

— Disons que je ne veux rien négliger.

Morgan Potier salua cette réponse par un petit mouvement de tête : il connaissait l'opiniâtreté de son enquêteur.

— Elle s'appelle Adriana Romanescu.

— Roumaine ?

— Ses parents sont des réfugiés politiques d'origine roumaine. Adriana est née en France.

— Dans quelles circonstances se sont-ils connus ?

— Je l'ignore, répondit Morgan en secouant la tête. Cela faisait partie du jardin secret d'Olivier.

Comme les verres étaient vides, François proposa un autre à Morgan. Qui accepta.

— Son 4x4 est quasi neuf, relança François lorsqu'ils furent servis.

— Oui, c'était un modèle d'exposition. Quand il l'a acheté, je lui ai demandé ce qu'il allait faire d'un véhicule pareil dans les rues de Quimper.

— Ah ! Vous étiez avec lui ce jour-là ?

— Non, pas vraiment, c'est le hasard qui nous a mis en présence à la concession automobile.

— Quel genre de voiture avait-il auparavant ?

— Une berline de marque Renault me semble-t-il.

— Alors, pourquoi son choix s'était-il porté sur un tout-terrain ?

— Il projetait de participer à un rallye. Il m'avait même demandé de lui servir de copilote. J'avais refusé.

— Avait-il trouvé quelqu'un d'autre ?

Morgan haussa les épaules en signe d'ignorance.

— Mes hommes et moi sommes étonnés que personne de son entourage n'ait manifesté d'inquiétude à son sujet…

— Olivier n'avait plus de famille.

Ils parlèrent encore pendant une demi-heure puis se séparèrent.

*

Quelques jours plus tard, le capitaine Paoli enregistrait des actes sur son ordinateur lorsque son téléphone sonna : David Marchand lui annonçait sa sortie de l'hôpital.

— Avant que tu rentres à Sainte-Marine, j'aimerais bien que tu passes par la PJ, David. Dans un quart d'heure ? Parfait.

Le quart d'heure touchait à sa fin, on frappa. Paoli se leva et ouvrit à son ami. Ils se donnèrent l'accolade.

— Content de te voir, David ! Comment te sens-tu ?

— Ramolli !

— Un café, ça te dit ?

— Avec plaisir.

David suivit François à la petite cuisine où fumait un café frais.

— Alors, c'est ici que vous cuisinez vos suspects ?

— Non, ce serait leur faire trop d'honneur. Tiens, ton portable. Les gendarmes ont fini son exploitation et Hubert Dunant me l'a rapporté, il n'avait pas le temps de monter à l'hosto.

— Merci.

— Je ne t'ai pas fait venir uniquement pour te rendre ton mobile…

— Je m'en doutais un peu. Alors, je t'écoute.

— Valérie…

David manqua d'avaler de travers.

— Elle n'est pas venue te voir pendant ton séjour à l'hosto, n'est-ce pas ?

— Heu… Non. Mais cela ne m'a pas étonné, elle devait partir en voyage, répondit David en allumant son téléphone.

— Combien de fois t'a-t-elle appelé depuis son départ ?

— Je te trouve bien indiscret !

— Dois-je te rappeler que je mène une enquête à laquelle tu es mêlé malgré toi ?

— Et qu'est-ce que Valérie a à voir dedans ?

— Je ne sais pas.

Comme David le regardait curieusement, François dut appuyer :

— Crois-moi. Mais la présence d'une femme a été mise en évidence dans plusieurs cas de vols de 4x4.

David prit le temps d'avaler deux gorgées de café avant de lâcher que Valérie ne lui avait pas plus téléphoné qu'elle n'était venue le voir.

— Je ne sais rien de ta relation avec elle, David, aussi…

— Elle a peut-être essayé à la maison, le coupa-t-il.

— Et pas ton portable ? Je n'y crois pas.

— Et comment tu sais ça, toi, d'abord ? Ah ! Tu as interrogé mon téléphone…

— Il le fallait, s'excusa François.

Pendant de longues secondes – interminables – on sentit la tension s'épaissir entre David et François.

— Qu'elle ne se soit pas manifestée, ne fait pas d'elle une suspecte pour autant, si ?

— Non, mais… une complice… c'est possible.

— Une complice ! Et quoi encore ? nia David en haussant les épaules.

François se rendit compte qu'il n'arriverait à rien, il n'insista pas et laissa David s'en aller.

*

Paoli avait insisté auprès du juge Potier afin que les hommes de la PTS puissent utiliser leur "renifleur" chez Olivier Blanchet, Paul Forestier et David Marchand. En effet, depuis quelque temps, l'idée qu'une femme puisse être complice des braqueurs s'était frayé un chemin dans son esprit. Et bien qu'elle fût ténue, elle n'en était pas moins persistante. Cela demandait donc à être vérifié.

Paoli expédia donc Verdier sur place car Gilles Monfort l'attendait au "grenier". C'est un stagiaire qui avait baptisé ainsi les locaux de la PTS à cause de leur localisation : sous les toits. En été, on y étouffait et en hiver, on y avait froid : manque d'isolation.

— Entre, François ! J'ai pensé que ça pourrait t'intéresser, dit-il en le conduisant dans une pièce de son laboratoire.

Sur un tableau était affichée une série d'empreintes digitales. Paoli et Monfort s'en approchèrent.

— Celles de gauche ont été relevées par les gendarmes chez Forestier.

— Elles appartiennent à une certaine Tina Mars que j'ai vue dans mon bureau.

— C'est ce que j'ai noté, oui, dit Monfort en glissant un autre jeu d'empreintes devant les yeux de Paoli. Mes hommes ont relevé beaucoup de traces dans le 4x4 d'Olivier Blanchet, malheureusement nombre d'entre elles n'étaient pas lisibles. Sauf ces deux-ci et, comme tu peux le voir, elles appartiennent à Tina Mars.

Et pour appuyer ses paroles, Gilles Monfort glissa le second transparent par-dessus le premier jusqu'à ce que deux empreintes se superposent parfaitement.

— Hon, hon ! fit Paoli, méditatif, les yeux fixés sur celles-ci. Et… chez David Marchand ?

— Impossible de se prononcer. Trop de traces incomplètes.

— Ah… Et dans le 4x4 de Blanchet, tu as réussi à identifier d'autres empreintes que celles de Tina Mars ?

— Isoler, oui. Identifier, non. Quand on les a fait passer au FAED, ça n'a rien donné. Mais, bon, cela n'était qu'un premier résultat, François. Nous avons encore du pain sur la planche.

— Je sais. Tu me tiens au courant ?

— Tu peux compter sur moi.

Paoli quitta le grenier avec un rapport en main et de nouvelles questions en tête.

Lorsqu'il revint à la PJ, il ne restait plus que le brigadier-chef Marc Renard. Il était plongé dans une montagne de papiers. Il eut un regard pour son chef et replongea dans sa paperasse tandis que Paoli fouillait dans la sienne.

— Marco, t'as pas vu le PV d'audition de Tina Mars ?

— Il est sur le bureau d'Amos, je crois.

— Ah, exact ! Merci.

Paoli le prit et alla s'installer à son bureau. Peu après, il contactait Tina Mars et la convoquait pour le lendemain.

XVI

Le capitaine Paoli accueillit la jeune femme à la porte de son bureau.

— Entrez et prenez place, j'arrive tout de suite.

Lorsqu'il revint, elle s'était assise et regardait autour d'elle en se tortillant.

— Bien… fit-il en s'asseyant.

— C'est que je n'ai pas toute ma matinée…

Paoli signa un peu de courrier avant de lever les yeux vers sa visiteuse et de lui accorder quelque attention.

— Mademoiselle Mars, connaissiez-vous Olivier Blanchet ?

Il avait pensé à plusieurs façons d'aborder le sujet mais avait fini par la plus directe. Histoire de voir sa réaction.

Elle marqua un temps avant de répondre par l'affirmative.

— Comment avez-vous fait sa connaissance ?

— Nous nous sommes rencontrés dans un bar de nuit.

— Cela fait longtemps ?

— Trois semaines, un mois… oui, un mois et demi, même.

— Quelles ont été vos relations depuis ce soir-là ? Êtes-vous allée chez lui ?

— Oui.

— Combien de fois vous êtes-vous revus ?

— Pas souvent.

— C'est-à-dire, une fois par semaine, deux fois ?

— Un instant, je réfléchis.

Paoli la vit lever les yeux au plafond telle une collégienne qu'on interrogerait, faire le point sur ses doigts de gauche grâce à son index droit, secouer la tête…

— En tout, on a dû se voir sept fois, je crois.

— Que faisiez-vous ces soirs-là ?

— Ça ne vous regarde pas !

Mais le regard brun du capitaine Paoli se faisait insistant, il attendait une réponse.

C'est alors que Tina réalisa qu'il parlait de Blanchet au passé.

— Que se passe-t-il avec Olivier ? Un problème ?

— Là où il est, il n'en a plus.

— Que… que voulez-vous dire ? Qu'il est… ?

— Il a été retrouvé mort dans sa voiture.

Tina étouffa un cri de stupeur derrière ses mains et s'affaissa sensiblement sur son siège.

— Co… comment est-il…

— Mort ? Crise cardiaque, semble-t-il, répondit rapidement Paoli.

— Ah…

Elle avait lâché son interjection plutôt sur le ton de la fatalité que sur celui de la surprise.

— Alors, je vous repose ma question, Mademoiselle. Comment passiez-vous le temps en sa compagnie ?

— C'est une façon déguisée de me demander si on couchait ensemble ?

— Était-ce le cas ?

Elle répondit d'un hochement de tête de haut en bas.

— Olivier aimait la discrétion, alors on se donnait rendez-vous dans un hôtel, à l'extérieur de la ville. En fait, on avait deux points de chute. Quand il choisissait, on allait à Locronan. Quand c'était mon tour, on allait à Beg-Meil. On se rendait séparément à l'un ou l'autre endroit et on commençait toujours la soirée par un bon dîner. Ensuite… ça dépendait.

— C'est confortable un 4x4 ?

— Quoi ?

Si on avait dû lui décerner un prix pour avoir joué la surprise, elle aurait obtenu le premier. La question de Paoli l'avait prise de court.

— Il vous a bien emmenée promener dans sa Porsche Cayenne, non ? On a trouvé des empreintes vous appartenant à l'intérieur.

— Oh ! Heu… Non.

— Pardon ?

— Heu… oui. Enfin… oui, je suis montée dans son gros 4x4, mais on n'a pas roulé beaucoup.

Elle s'interrompit un instant, laissa son regard se perdre entre Paoli et elle.

— Vous l'aimiez ? lui demanda-t-il au bout d'un moment.

— Franchement… je ne sais pas quoi vous dire, Commissaire.

— Capitaine, pas commissaire, la corrigea-t-il.

— J'aimais nos rendez-vous, nos jeux… mais, lui…

— Il fallait bien qu'il vous plaise un peu quand même pour coucher avec lui, non ? À moins que…

Paoli laissa volontairement sa phrase en suspens, guettant la réaction de Tina Mars.

— Que quoi ? Que voulez-vous dire encore ? s'indigna-t-elle. Ah, je vois ! Vous êtes en train d'insinuer qu'il me payait… Eh bien, vous vous trompez ! Et maintenant, ça suffit, je m'en vais !

Elle se dressa d'un bond, remit de l'ordre dans sa tenue et se dirigea vers la porte.

— Tut, tut ! fit Paoli en lui barrant le passage.

— Quoi encore ?

— Vous devez me signer votre déposition.

Une fois qu'elle l'eut signée, il la laissa s'en aller. Même s'il était convaincu qu'elle lui avait menti sur l'aspect pécuniaire de sa relation avec Blanchet, cela n'avait plus grande importance.

Pourtant, il demanda à Marc Renard et Tanguy Botrel d'aller vérifier les déclarations de Tina Mars.

Ils revinrent une heure plus tard, l'un de Locronan, l'autre de Beg-Meil.

Ils avaient eu la chance d'être reçus tous les deux par des réceptionnistes qui se souvenaient bien du couple d'amants et qui confirmèrent les déclarations de Tina.

— Bon, eh bien, au moins maintenant, on est fixés sur la relation de Tina Mars et Olivier Blanchet.

— Ouais, mais à quoi ça nous avance ? Devons-nous relier la mort de Blanchet dans son Cayenne à nos affaires de vols de bagnoles ?

— Justement, c'est là le nœud ! dit Paoli.

XVII

La porte s'ouvrit à la volée.

— Y a du neuf ! annonça Amaury Verdier.

— Genre ?

— On te demande à la BAC, François !

— J'arrive !

Le combiné téléphonique retrouva brutalement son socle et le capitaine Paoli descendit à la BAC.

Ce fut le chef de groupe, Luc Perrin, qui l'accueillit par une chaleureuse poignée de main avant de le conduire jusqu'à une salle d'interrogatoire. La pièce était meublée sommairement, d'une table et de deux chaises dont l'une était occupée par un individu. On le devinait bien bâti, plutôt grand, assez mince dans sa tenue de sportswear. Il avait l'air intelligent. Et penaud.

— Qui est-ce ? demanda Paoli à l'oreille de Perrin à la porte.

— Il s'appelle Pascal Bouillot, vingt-quatre ans, étudiant aux Beaux-Arts. Il a été arrêté en possession des tableaux de Jean Guilcher et de Bernard Morinay dérobés chez Forestier alors qu'il s'apprêtait à prendre le train pour Paris.

— Ah ! Tiens donc…

— J'ai pensé que tu aimerais lui parler.

Paoli entra devant Perrin, lequel ferma la porte et s'y adossa.

— Bonjour monsieur Bouillot, je suis le capitaine Paoli.

— Bonjour. Paoli, c'est corse, ça, non ?

— Nous ne sommes pas ici pour parler de l'origine de mon patronyme, monsieur Bouillot, mais des deux tableaux que vous emportiez.

Paoli fit une courte pause pour observer la réaction de Bouillot. Le jeune homme était calme et attendait la suite.

— Vous êtes étudiant aux Beaux-Arts, m'a-t-on dit…

— Oui.

— Depuis longtemps ?

— Deux ans. J'ai fait une école de tourisme auparavant. C'est un stage en Italie qui m'a donné envie de faire les beaux-arts.

— Qu'aimez-vous dans la peinture ? Les impressionnistes ?

— Je n'ai pas de peintre préféré. Moi, je marche au coup de cœur devant un tableau : ou j'aime ou j'aime pas. Cela peut tout aussi bien être une toile dans les bleus et verts que dans des violences de rouges. J'ai commencé une petite collection de peinture. Elle se compose de quelques pastels, une sanguine et une lithographie.

— Et comme vous aviez envie d'élargir votre collection, vous êtes entré chez Paul Forestier à Beg-Meil et vous lui avez dérobé un Morinay et un Guilcher après l'avoir agressé…

— Hein ! Mais… mais non ! C'est faux !

— C'est faux ? Vous osez dire que vous n'avez pas dérobé les tableaux de Forestier ?

— Non, ce n'est pas ça… Je les ai volés, c'est vrai, mais… mais…

Le regard de Pascal Bouillot s'affola soudain, allant de Perrin à Paoli et de Paoli à Perrin.

— Je… je ne l'ai pas tué. Vous ne pouvez pas me mettre ça sur le dos… ce n'est pas moi. Je ne l'ai pas touché, je vous jure !

— Du calme, du calme, monsieur Bouillot. Rasseyez-vous.

Bouillot se rassit. Mais du jeune homme tranquille du début d'interrogatoire, il ne restait rien. Affalé sur la table, il se tenait la tête dans les mains.

— J'ai juste pris ses tableaux, c'est tout, lâcha-t-il à mi-voix. Je ne suis pas un meurtrier…

— Personne n'a rien dit de tel, dit Paoli. Voulez-vous un verre d'eau ?

— Je veux bien, oui, accepta Bouillot en essuyant ses larmes.

Luc Perrin se chargea d'aller le chercher et de l'apporter. Pascal Bouillot le remercia et porta le gobelet à ses lèvres.

— Il ne faut pas vous mettre dans des états pareils, voyons.

Paoli accorda une minute à Bouillot, le temps qu'il se reprenne.

— Ça va mieux ?

— Oui…

— Bon, alors racontez-nous comment vous avez volé ses tableaux à monsieur Forestier.

— Comment êtes-vous entré ? lui demanda Luc Perrin.

— La porte était ouverte… Je n'ai fait que franchir le seuil et décrocher les toiles du mur.

— Donc, vous saviez où elles étaient ?

— Oui.

— Expliquez-moi ça. Vous étiez déjà venu chez Forestier ?

— Non.

Perrin et Paoli se regardèrent.

— Tu dis que tu n'as jamais mis le pied chez Forestier et tu vas droit à ses tableaux ? Tu te fous de nous, gronda Paoli qui était passé du vouvoiement au tutoiement pour intimider Bouillot.

— Mais… non, je ne me fous pas de vous.

— Ah non ? On dirait bien, pourtant !

Il tourna autour de Bouillot, s'arrêta soudain en face de lui et se pencha vers lui par-dessus la table. Sa manœuvre eut pour effet de le faire sursauter puis de s'adosser à sa chaise. Paoli plongea son regard dans celui de Bouillot.

« Un chat face à une souris », pensa Perrin.

— Alors, si ce n'est pas du foutage de gueule, t'as intérêt à être convaincant, mec, c'est moi qui te le dis ! s'écria-t-il en empoignant Bouillot au col.

— Je ne vous mens pas, je vous jure.

— Tu nous l'as déjà dit, ça. Ce qu'on veut entendre, nous, c'est comment tu as fait pour voler ces tableaux dans le noir sans te casser la gueule.

— Il ne faisait pas tout à fait noir, il y avait la lune.

Paoli se rappela que Forestier, lui aussi, l'avait évoquée. Il opina.

— Soit. Mais encore ?

— Ben… j'ai été prévenu. Voilà.

— Beaucoup trop court ! Il faudrait développer, Bouillot, si tu ne veux pas que le capitaine Paoli s'énerve, dit Luc Perrin sur un ton aimable.

— Heu… oui… oui…

Bouillot se mit à chercher ses mots.

— Ben, c'est vrai… C'est mon téléphone qui m'a appelé…

— Non, monsieur Bouillot, dit froidement Paoli. Un téléphone sonne parce que quelqu'un a composé le numéro qui lui correspond.

— Oui… bien sûr… je sais ça…

— Eh bien alors, dites-nous qui vous a contacté !

— Une copine.

— QUI ? insista Paoli en tapant la table des mains. Comment s'appelle-t-elle ?

— Teresa.

— Teresa… Teresa comment ?

— Milan.

— Teresa Milan.

Une mouche aurait été dans la pièce qu'on l'aurait entendue se frotter les pattes tant le silence occupait l'espace.

Mais de mouche, il n'y avait pas. Seulement trois hommes échangeant des regards.

— Et bien sûr, tu pourrais nous faire son portrait… suggéra Paoli.

— Celui de Teresa ? Heu… oui, je crois…

À cet instant-là, Perrin intervint et fit signe à Paoli de s'approcher. Il lui glissa quelques paroles à l'oreille, Paoli acquiesça et s'absenta.

Il revint cinq minutes plus tard et posa un bloc de papier, un crayon et une gomme devant Pascal Bouillot.

— Et si vous nous montriez vos talents, monsieur Bouillot ? Puisque notre portraitiste est occupé…

— Vous voulez que…

— Vous avez parfaitement compris. Je vous demande de nous faire le portrait de votre copine.

Pascal Bouillot se mit à l'œuvre et débuta son dessin par l'ovale du visage et un aperçu de la chevelure. Puis, il plaça les yeux, le nez et la bouche en les commentant. Chose que les deux policiers ne lui avaient pas demandée, mais que Paoli apprécia.

Le portrait fut achevé en une dizaine de minutes.

— Voici donc Teresa Milan… fit Paoli en regardant par-dessus l'épaule de Bouillot. Vous avez un bon coup de crayon et une bonne mémoire, c'est très ressemblant. Je vous félicite.

— Ressemblant ? Ressemblant à qui ?

— Le nom de Tina Mars ne vous évoque rien, monsieur Bouillot ?

— Non…

Paoli se mit à arpenter la pièce tandis que Perrin se penchait à son tour sur le dessin et demandait :

— Quelle profession exerce votre amie Teresa ?

— Animatrice culturelle.

La réponse avait été instantanée, sans l'ombre d'une hésitation.

— Pour qui travaille-t-elle ?

— Pour la ville de Fouesnant, je crois.

— Vous croyez ? Vous n'en êtes pas sûr ?

— Ben… non, parce qu'elle attendait une réponse de Quimper.

— Quand vous a-t-elle dit cela ?

— La dernière fois qu'on a bu un verre ensemble.

— Et quand était-ce ?

— Ben… j'sais plus, moi !

Le poing de Paoli s'abattit sur la table et son visage s'approcha très près de celui de Bouillot. Et le tutoiement ressortit.

— Tu ne sais plus ? Mais t'as pas bientôt fini de te payer nos gueules !

— Je… je ne sais plus exactement… Ça doit faire deux mois au moins… Je vous jure…

— ÇA SUFFIT, BOUILLOT ! ARRÊTE DE JURER COMME ÇA, C'EST ÉNERVANT !

Bouillot se recula sur son siège, effrayé.

C'est l'instant que Perrin choisit pour venir chuchoter à l'oreille de Paoli.

— Bon, on te laisse cinq minutes. Tâche de les mettre à profit pour réveiller tes souvenirs.

Perrin fit venir un agent pour surveiller Bouillot. Ils

sortirent de la salle. Paoli se pencha vers le distributeur d'eau et se servit un gobelet qu'il avala d'un trait.

— Sacré portraitiste, en tout cas !

— Teresa Milan… Tina Mars… Tu as dû faire le rapprochement aussi, Luc…

— Initiales T et M dans les deux cas, oui, bien sûr, dit-il en se servant à son tour.

— Bon, on y retourne !

Ils jetèrent leur gobelet usagé à la poubelle et rentrèrent dans la salle d'interrogatoire.

— Alors, on t'écoute, Bouillot.

Le jeune homme regarda les deux policiers à tour de rôle, puis dit :

— Moi, je veux bien parler et vous dire tout ce que vous voulez, mais je ne saurai pas répondre à ce que je ne sais pas.

— Eh bien, dis-nous toujours tout ce que tu sais de Tina Mars. Car le nom de Teresa Milan, tu venais de l'inventer, n'est-ce pas ?

— Heu… oui.

— Pour la protéger ?

Bouillot secoua la tête de haut en bas.

— Où as-tu connu Tina ?

— À l'école de tourisme. Nous sommes sortis un peu ensemble mais ça n'a pas duré. Ça ne collait pas trop entre nous

— Pourquoi ?

— À cause de son caractère. Mais on a su rester amis et on s'entend mieux que quand on était amants.

— Parce qu'elle t'aide à constituer ta collection ?

— Mais… non ! Elle…

— Comment t'a-t-elle informé pour les tableaux ?

— Elle les a photographiés avec son téléphone mobile et m'a envoyé les images et l'adresse.

— Donc, tu as reçu le MMS de Tina… et ?

— Ben… c'était tentant, ce sont des peintres que j'admire beaucoup. Je… j'avais jamais volé avant ce soir-là.

Paoli tourna la tête vers Perrin qui hocha la sienne. Traduction : « Il dit vrai, rien d'inscrit à son casier, j'ai vérifié ».

— Continue.

— Quand je suis arrivé, la porte de Forestier était ouverte. Et il… il était couché par terre. Il ne bougeait pas… Je vous ju…

Bouillot, réalisant qu'il allait jurer une fois de plus, se tut avant de s'attirer de nouveau les foudres de Paoli. Mais ce dernier ne dit rien, il attendait la suite du récit.

— Ce n'est pas moi, je ne l'ai pas touché. Je n'ai fait que décrocher les toiles du mur et je suis parti. Je ne suis pas resté plus d'un quart d'heure à Beg-Meil. Je le ju… Forestier… il… il aurait dû dormir comme Tina m'avait dit…

— Comment te déplaces-tu ?

— En voiture.

— Marque, modèle ?

— Renault Kangoo. Ça me sert de mini-camping-car, c'est pratique pour aller peindre à la mer ou à la campagne.

— Un 4x4 aussi, c'est pratique, tu ne trouves pas ?

— Faut les moyens ! J'les ai pas. Et puis, j'ai pas besoin de ça pour draguer les filles.

Depuis qu'il interrogeait le jeune homme, le capitaine Paoli sentait qu'il disait la vérité. Certes, il avait dérobé deux tableaux et, s'il avait été renseigné, il avait agi seul.

— Bon, d'accord…

— Qu'est-ce qui va se passer maintenant ?

— On va appeler le juge, tu vas sans doute être mis en examen pour vol et non-assistance à personne en danger.

— Mais… je croyais qu'il était mort !

— T'as pas vérifié, si ?

— …

— Non. Tu t'es contenté de le voir au sol et tu en as profité pour commettre ton méfait. Ça t'arrangeait bien, finalement, de voir Forestier hors jeu, hein ?

— Je ne veux pas aller en prison ! pleurnicha Bouillot.

— Ça, mon vieux, il fallait y penser avant. Allez, debout !

Luc appela un agent et lui demanda de conduire le jeune homme en garde à vue. C'est les larmes aux yeux et les pieds rusant le sol que Bouillot suivit le gardien.

— Qu'en dis-tu, François ? Tu le crois ?

— Je suis bien tenté, oui. Comme il l'a dit, il est venu pour deux tableaux et le hasard a fait qu'il a vu Forestier à terre. Pris de panique, il a décroché les toiles et a pris la fuite. Il n'est pour rien dans le home-jacking de Forestier, laissa tomber Paoli. Mais tu as bien fait de m'appeler, Luc. Merci.

— À ton service.

— Bon, je retourne dans mes quartiers. Salut !

— Salut !

*

Il s'enfonça dans son vieux club en cuir fauve et renversa la tête en arrière. Il était rentré chez lui depuis une heure et essayait de s'intéresser à son fils, mais rien n'y faisait : les interrogatoires de Pascal Bouillot et de Tina Mars tournaient en boucle dans sa tête. S'il était sûr que le jeune homme n'avait rien à voir de près ou de loin avec les home-jackings perpétrés, il n'en était pas de même pour la jeune femme. François la voyait bien en complice. Mais de qui ?

— Papa ?

— Oui, Pierre ?

— Le four a sonné depuis dix minutes.

— Ah bon, on passe à table, alors.

François sortit un plat d'endives au jambon et le posa au milieu de la table.

— Donne ton assiette que je te serve.

— Mets-moi plein de gruyère !

— Ça va comme ça ?

— Oui.

Alors que Pierre attaquait son assiette et que François se servait, le téléphone sonna. Il abandonna sa cuillère de service et alla répondre.

— Ah, c'est toi ! Oui, on se mettait à table… Ce soir ? Ça doit pouvoir se faire. Le temps de dîner et de faire la route… D'accord, à tout à l'heure !

— C'était qui ? interrogea Pierre.

— David. Il a besoin de me voir.

— Ah !

Et, tout à coup, les endives gratinées n'eurent plus le même goût. Pierre se mit à jouer avec le contenu de son assiette. François l'observa. Il savait trop bien ce que cette attitude trahissait : le reproche. Une fois de plus, Pierre allait passer la soirée sans lui et c'était sa façon de le lui dire. Il suspendit sa fourchette et son couteau au-dessus de sa deuxième endive gratinée.

— Mange, ça va refroidir.

— C'est déjà froid, rétorqua Pierre. Et puis, je n'ai plus faim.

Un silence interminable de deux minutes s'écoula.

— Bien, puisque tu n'as plus faim, tu peux quitter la table.

— Je peux pas avoir une pomme ?

— Je ne vois pas pourquoi, puisque tu n'as plus faim. Donc, c'est non.

Pierre ne soutint pas longtemps le regard de son père. Mais plutôt que de baisser les yeux, il les détourna et sortit de table en rusant les pieds de sa chaise.

— Pierre !

Quelques pas dans le couloir et la porte de la chambre de Pierre claqua. Debout devant le four micro-ondes qui chauffait son café, François soupira.

*

Dès qu'il eut franchit la porte de David, François sentit une présence féminine. Un parfum fleuri flottait dans l'air.

— Assieds-toi. Qu'est-ce que je te sers, François ?

— Un whisky, si tu en as. Sans glace.

Alors que David passait derrière son bar, une jeune femme apparut. Blonde, les yeux verts, élancée et mince. Sortant de la chambre de David, elle était vêtue d'un jean et d'un pull à col V noir.

— François, je te présente Valérie. Valérie, voici François.

François prit la main que Valérie lui tendait.

— Enchanté de faire votre connaissance, dit-il.

Elle lui répondit par un sourire et rejoignit David au bar.

— Laisse, je vais faire, dit-elle en lui donnant un bisou dans le cou.

La bouteille de whisky passa de la main de David à celle de Valérie. Lorsqu'elle eut versé l'alcool, elle tendit son verre à chacun et s'assit à côté de David.

— Valérie est rentrée en début de soirée, dit David.

— Je serais revenue plus tôt si j'avais su…

David se pencha sur elle et embrassa son front en lui assurant que ça n'aurait rien changé.

— David m'a dit que vous étiez en voyage… Où ça ?

— À Sétubal, au Portugal. J'y ai une grand-mère à laquelle je rends visite deux fois par an. Vous connaissez le Portugal ?

— Non, je n'y suis jamais allé.

Et tout naturellement, la conversation glissa sur les voyages. Les plus et les moins de tel ou tel pays. Valérie parlait avec enthousiasme des pays qu'elle avait découverts et visités, des gens qu'elle y avait rencontrés.

François l'écoutait, aussi attentif à ses accents – de vérité ? – qu'à ses propos. Sinon plus.

— Et vous, François, partez-vous souvent à l'étranger ?

— Non. Je ne suis parti qu'une fois, en Écosse, mais ça fait quelques années.

— Ah, c'est de là que t'est venu ton goût pour le whisky ? intervint David. Je ne savais pas.

— Eh bien, maintenant, tu sais.

— Oui, fit David en vidant son verre.

Et il se leva.

— Ça ne va pas ?

— Excusez-moi, je fatigue.

— De toute façon, dit François en lisant l'heure, il est temps que je rentre aussi.

On se souhaita une bonne nuit et François s'en alla. Un instant, il avait pensé rester un peu avec Valérie, continuer à parler et en savoir un peu plus sur elle et ses activités, mais il aurait eu l'impression de trahir David.

XVIII

Il arriva bien avant ses hommes à la PJ. Après avoir ôté sa veste, il se planta devant le tableau qui répertoriait tout ce qui touchait leur enquête en cours. Les marques et les modèles de 4x4 dérobés, les lieux et dates de leur disparition, les identités des propriétaires. Depuis le début, ses hommes et lui avaient noté que tous les véhicules étaient de marque allemande : Porsche, Mercedes, Audi. Tous, sans exception. Et, tant qu'à faire, plutôt récents.

— Salut François ! firent deux voix.

— Salut Tanguy ! Salut Amos !

— Qu'est-ce qu'on t'a dit à la BAC ?

— Ils ont chopé le voleur des tableaux de Forestier.

— Et il n'a rien à voir avec son home-jacking ?

Paoli fit la moue et secoua la tête.

— Je crains que non, mais je vais aller voir Forestier à Beg-Meil pour m'en assurer.

— Marco n'est pas là ?

— Non, il a téléphoné juste avant votre arrivée, il est arrêté pour huit jours.

— Il avait l'air bien, hier… Qu'est-ce qu'il a attrapé ?

— Rien. Il s'est cassé la gueule dans son escalier, il s'est fait mal au dos.

— Ah ! Merde…

— Bon. Vous allez me reprendre tout ça et me faire des recoupements.

— Tout ?

— Oui, oui. Il y a forcément un point commun entre tous ces vols.

— Mais… François, on l'a ce point commun ! Ce sont tous des 4x4 allemands !

— Il y a sûrement autre chose. Voyez si aucun d'eux n'est impliqué dans un trafic quelconque ou dans un braquage de banque ou deux.

— On l'a déjà fait, François, dit Tanguy Botrel.

— Quand ?

— Tout de suite quand on a récupéré tous les dossiers, Marco et moi. On a contacté la PAF et les douanes, mais ils ne nous ont rien signalé.

— Oui mais, depuis, le temps a passé, Tanguy.

— Bon… d'accord, je revois ça, soupira ce dernier.

— Merci. Toi, Amaury, tu t'occupes de notre ami Blanchet.

Le lieutenant Verdier opina de la tête et gagna son poste.

— Si on me cherche, je suis à Beg-Meil. À plus tard !

*

Paul Forestier l'accueillit en robe de chambre.

— Monsieur ?

— Capitaine Paoli de la PJ de Quimper.

— Oh ! Oui, bien sûr… Excusez-moi. Mais… entrez, Capitaine !

— Merci.

— Je viens de faire du café, en voulez-vous ?

— Avec plaisir.

— Quel bon vent vous amène ? Avez-vous retrouvé ma voiture ?

— Votre voiture non, mais vos tableaux, oui.

— Ah ! Quelle bonne nouvelle ! Vous me les rapportez ?

— Pas aujourd'hui, non. Vous les récupérerez plus tard.

Tout en disant cela, le capitaine Paoli sortit une feuille de sa poche intérieure, la déplia, la mit bien à plat sur la table et la poussa sous les yeux de l'écrivain.

— Connaissez-vous cet homme, monsieur Forestier ?

— Heu… non… mais…

— Mais vous l'avez déjà vu ?

— C'est plutôt une impression, sa tête me dit quelque chose.

— Réfléchissez bien. Prenez votre temps.

Paul Forestier se cala contre son dossier et allongea le bras, examina le portrait. Le rapprocha de ses yeux, l'observa à nouveau.

— Il me semble…

— Oui ?

— Il me semble l'avoir croisé à la plage ou au port… je ne sais plus.

— Cela fait longtemps ?

L'écrivain fixa le portrait comme si ce dernier allait lui souffler la réponse.

— Était-ce avant ou après votre agression, monsieur Forestier ?

— Avant. Depuis que je suis rentré de l'hôpital, je n'ai pas croisé un seul jeune de son âge. Vous savez, Beg-Meil, en hiver, c'est mort...

— Oui, je sais.

— C'est lui qui a volé mes toiles ?

— Oui, il est passé aux aveux.

Paoli put voir l'étonnement de Forestier à sa façon de tirer sur son cou comme une tortue sous sa carapace et à ses yeux écarquillés.

— Il a reconnu les faits, dit Paoli. Par contre, il déclare que vous étiez déjà au sol lorsqu'il s'est introduit chez vous. Et ce, grâce aux renseignements donnés par la personne que vous avez hébergée le soir de votre agression.

— Tina ?

— Je vois que vous vous en souvenez. Oui, Tina Mars. C'est elle qui a téléphoné à Pascal Bouillot pour l'informer de la présence de ces toiles chez vous.

Forestier, qui avait bu tout son café, se resservit et en proposa à nouveau à Paoli qui déclina l'offre.

— Tina m'avait parlé d'un ami... celui qui lui avait prêté la voiture qui est tombée en panne... Mais si ma mémoire est bonne, elle ne l'appelait pas Pascal... Accordez-moi un instant, ça va me revenir...

Comme Paoli avait sa tasse au bord des lèvres, il acquiesça d'un hochement de tête.

— Laurent ! Elle devait joindre Laurent !

— Laurent… c'est tout ?

— Ben… oui.

Paoli vida son reste de café et reposa sa tasse sur la table.

— Dites-moi, monsieur Forestier… Seriez-vous en mesure de me raconter tout ce qui s'est passé le soir où Tina Mars est restée dormir chez vous ?

— En gros, je pense, oui.

— Eh bien, si vous pouvez y ajouter des détails, ce ne sera que mieux. Je vous écoute, dit Paoli en allumant un magnéto qu'il posa devant Forestier.

*

Paul Forestier avait terminé son récit.

— Voilà comment ça s'est passé jusqu'à ce qu'il me tombe dessus.

— Vous avez été agressé par un seul homme… pas par deux ? Vous en êtes sûr ?

— Oui. N'étant pas de forte constitution, voyez-vous, et encore moins bagarreur, un homme suffit à me neutraliser. Cela dit, il se peut très bien que mon agresseur ait eu un complice qui l'attendait dehors.

— Vous venez de me dire que vous posez vos clefs ici en arrivant, dit Paoli debout près d'une console en pin verni en forme demi-lune.

— C'est l'endroit le plus pratique pour moi. Le seul que je parviens à ne pas encombrer de courrier et de journaux.

— Et votre clef y était le soir de votre agression ?

— Je suppose, oui… je ne m'en souviens plus.

— Vous venez de me dire que Tina Mars vous a demandé de pouvoir téléphoner…

— Son mobile était déchargé, m'a-t-elle dit.

— Sauf qu'elle vous a menti puisqu'elle s'en est servi pour expédier des photos de vos tableaux à Pascal Bouillot via le réseau téléphonique.

— Admettons qu'elle m'ait menti à propos de son téléphone, mais sa cheville, je peux vous assurer qu'elle l'avait bel et bien foulée. C'est moi qui m'en suis occupé.

Le capitaine Paoli émit un de ces fameux « hon, hon ! » dont il était coutumier. Tout ce que venait de lui raconter Paul Forestier correspondait à la déposition enregistrée par les gendarmes de Fouesnant. Et Forestier venait de lui confirmer que le vol des toiles avait eu lieu le soir du braquage.

— Bien, je vous ai assez embêté pour aujourd'hui, monsieur Forestier.

— Pour aujourd'hui ? Parce que vous pensez revenir ?

— Il se peut. Tout dépend des prochains résultats que nous obtiendrons. Au revoir, monsieur Forestier.

— Vous pouvez m'appeler Paul, si vous voulez. Au revoir.

Les deux hommes se serrèrent la main sur le seuil. Sorti du jardin de Forestier, Paoli décida de faire un tour dans la rue pour rencontrer ses voisins.

Il arriva chez les Martin. Madame Martin jardinait,

agenouillée près d'une rocaille. En le voyant approcher, elle se redressa.

— Bonjour. Vous cherchez quelqu'un ?

— Bonjour. Je suis le capitaine Paoli de la PJ de Quimper. J'aurais souhaité parler à monsieur Martin. Il est là ?

— Ah non, il est parti au port faire un tour.

— Ça fait longtemps ?

— Un moment, oui. Mais peut-être puis-je vous aider ? C'est à quel sujet ?

— L'agression de monsieur Forestier… répondit Paoli en franchissant un portillon.

— Ah ! Ce pauvre Paul ! Se faire attaquer chez lui ! Ici, en province, à Beg-Meil ! Dans le coin le plus tranquille que je connaisse ! Dans quel monde vivons-nous ? Je vous le demande ! Ça se serait passé dans une banlieue parisienne, on n'aurait pas été surpris ! Mais… ici !

— Pour en revenir à cette nuit-là…

— Robert et moi, on n'a rien entendu. On a pris un apéro dînatoire avec Paul et puis on s'est séparés sur le coup des 20 heures 30, 21 heures.

— Qu'avez-vous fait par la suite ?

— On a fait un peu de rangement. C'est là que Robert a trouvé la clef de Paul. On a attendu qu'il vienne la récupérer après quoi, nous sommes allés marcher sur la dune.

— Avez-vous remarqué une présence inhabituelle dans votre quartier ?

— Rien du tout, Monsieur. Tout était calme.

— Et rien n'est venu perturber votre sommeil ?

— Si je vous disais qu'on s'est endormis comme des masses, Robert et moi, et qu'on n'a ouvert les yeux que tard le lendemain…

— Donc, vous n'avez rien entendu ?

— Rien du tout. Tenez, voici mon mari qui arrive.

Paoli se retourna, monsieur Martin venait de garer sa voiture le long du trottoir. Il le laissa venir à lui et se présenta.

— En quoi puis-je vous être utile, Capitaine ?

— J'étais venu vous demander si vous aviez entendu quelque chose le soir de l'agression de Paul Forestier.

— Rien. Mais Simone a dû vous dire que nous dormons comme des loirs…

— Oui, effectivement.

— Nous faisons beaucoup d'envieux, vous savez, à faire nos nuits sans prendre de cachets. La seule chose qui me fait sortir du lit la nuit, c'est une envie d'uriner.

— Cela a-t-il été le cas, le soir de l'agression ?

— Non.

— Et vous, Madame ?

— Moi oui, je me suis levée pour aller aux toilettes, mais il était déjà cinq heures trente et je me suis rendormie aussitôt recouchée.

— Nous faisons de bien piètres témoins, je le crains, ajouta monsieur Martin. J'en suis désolé.

Paoli haussa une épaule fataliste avant de les saluer et de s'en aller.

*

Il entra à la PJ. Ses deux adjoints buvaient un café à la cuisine.

— Tu en veux un ? lui proposa Amaury.

— Je veux bien.

— Alors, intéressante ta virée à Beg-Meil ?

— Bof ! Je pensais que les Martin auraient entendu un bruit quelconque mais il n'en est rien. Et Paul Forestier a confirmé les déclarations de Tina Mars. Donc, on n'a pas avancé d'un pas de ce côté-là.

— Ben… du côté Blanchet, Séverin a reçu les premiers résultats des prélèvements. Blanchet est bel et bien mort d'une crise cardiaque. Mais une substance l'y a un peu “aidé”.

— La coke ?

— Non. Viagra.

— Blanchet prenait du Viagra ? s'étonna Paoli. Mais… on n'a rien trouvé chez lui…

— Ni dans son 4x4 non plus. J'ai vérifié tous les relevés d'inventaire de nos perquises.

— Tu as vérifié auprès de son médecin ?

— Oui. Il ne lui en a jamais prescrit. Cela dit, Blanchet peut très bien s'en être procuré lui-même. Tu sais, rien de plus facile sur Internet.

— Mouais…

— T'as pas l'air d'adhérer à mon idée… Pourtant, si tu te rappelles bien son carnet d'adresses, il contenait beaucoup de noms de femmes.

— C'est vrai.

— Alors, de là à imaginer qu'il ait voulu contenter plusieurs de ces dames dans un délai plutôt court… ou en même temps…

— Tu y vas un peu fort, je trouve.

— Un peu fort ? Moi, je trouve ça plutôt logique. Évidemment, ça demande vérification.

Paoli ne répondit pas et se concentra sur les résultats que Séverin Leclerc leur avait faxés et sur lesquels le lieutenant Verdier avait bâti son hypothèse.

— Hon, hon…

— Ce n'est pas tout. Blanchet avait bu. Ou bien on l'a fait boire.

— Cholestérol, Viagra, alcool, ça fait beaucoup pour un seul homme, dis-moi !

— Que veux-tu ? Je te transmets les résultats du labo, rien de plus.

— Bon, tu vois avec nos spécialistes du Net pour qu'ils percent les secrets de son ordinateur et qu'ils remontent tous les mails de Blanchet. Et tu leur demandes de faire au plus vite.

— D'accord.

— Sinon, qu'est-ce que ça donne, tes recherches, Tanguy ?

— Je me suis mis en relation avec les autres SRPJ et j'ai fait des tas de croisements de données, mais je n'ai rien obtenu. Comme si les 4x4 s'étaient évaporés !

— Aucun d'eux n'a servi à faire un casse ?

— Non.

— Bizarre ! D'habitude c'est à cela que les malfrats emploient ce type de véhicule.

— Oui, je sais. Et j'ai bien insisté auprès des services que j'ai eus, mais les derniers casses qui ont été commis, l'ont été en douceur, si j'ose dire, puisque les voleurs de bijoux se sont tirés à pied. Aucune banque n'a été forcée, aucun fourgon transportant des fonds attaqué.

— Tu as vu auprès des douanes ?

— Rien, de ce côté-là non plus. Ils ont vérifié plusieurs 4x4, mais tout était en règle. Les numéros de séries des cartes grises correspondaient bien à ceux qui figuraient sur les moteurs. Je leur ai quand même dit de rester vigilants.

— Bon… soupira Paoli.

— On n'a plus qu'à attendre un petit coup de pouce du destin, conclut Verdier.

— Oui, je ne vois que ça.

XIX

Tout en se dirigeant vers son Audi, Paoli composa le numéro de Morgan Potier.

Il laissa sa voiture à deux pas du Connemara Queen. Cette fois, c'est lui qui était en avance. À l'intérieur, le patron avait allumé une flambée et, comme il y avait peu de clients, c'est tout naturellement que François Paoli alla s'asseoir à l'une des tables proches de l'âtre avec sa bière prise au bar en passant.

Il s'était placé de biais de façon à profiter du feu tout en regardant les entrées et sorties de la clientèle – ce qui l'aidait à patienter.

Mais son attente fut honnête – un gros quart d'heure – et Morgan tira la porte. Poignée de main, rapide mais ferme, puis Morgan s'installa.

— Tu as du nouveau ?

— Oui. Mais on ne sait pas quoi en faire.

— Je ne comprends pas...

Et François fit un compte rendu à Morgan. Celui-ci écouta. Silencieux, immobile.

Après avoir trempé les lèvres dans la bière qu'on venait de lui apporter, il dit :

— Je suis tout simplement sidéré. Je croyais le connaître, en fait, il n'en est rien. Olivier était... un drogué !

— Pas si vite ! Pour l'instant, ce sont des observations…

— Oui, mais accablantes.

— Si tu veux.

— C'est donc pour cela que tu voulais m'en parler…

— Oui. Si les journalistes venaient à savoir qu'un proche du juge Potier se droguait et s'envoyait en l'air avec des tas de nanas grâce au Viagra, imagine un peu ce que cela donnerait ! Pour l'instant, la seule info qu'on leur a donnée c'est qu'on l'a découvert mort à l'arrière de son 4x4. Personne à la PJ n'a lâché quoi que ce soit, mais tu sais comment sont ces fouineurs. Il y en a toujours un…

— Je sais, coupa Morgan. Donc, si je te suis bien, il vaudrait mieux qu'on sache assez rapidement comment ces substances sont tombées entre les mains d'Olivier.

François acquiesça d'un hochement de tête.

Le regard de Morgan se suspendit quelque part dans les flammes que le patron du Connemara Queen venait de raviver. Interrompant ses pensées, il secoua la tête.

— D'accord, on va chercher.

— J'espérais que tu me répondrais ça, dit François.

Comme ils avaient vidé leur verre, ils se levèrent et sortirent du pub.

C'est à cet instant-là que le téléphone du juge Potier sonna.

*

La conversation téléphonique de Potier n'avait pas duré longtemps. Paoli et lui causèrent encore un peu, puis se séparèrent.

Alors que François démarrait, son téléphone vibra.

— Un incendie de voiture sur le parking de l'hypermarché de Kerdrézec ? Ah ! Un 4x4... Bien, Monsieur le procureur, j'arrive.

Paoli sortit son gyrophare qu'il colla sur son toit, alluma son deux-tons et descendit vers la ville.

Lorsqu'il arriva, les pompiers s'étaient rendus maîtres du feu, mais la carcasse calcinée fumait encore. Un des soldats du feu s'avança vers lui et le procureur, il les salua et se présenta avant de leur faire un bref compte rendu d'intervention.

— C'est l'un de mes hommes qui m'a rappelé cette histoire de 4x4. Sinon, je ne vous aurais sans doute pas dérangé.

— Vous avez bien fait. Pas d'autres véhicules endommagés ?

— Non. On est loin des autres voitures et, si vous observez bien autour de vous, je dirais que le 4x4 a été placé à cet endroit pour faire le moins de dégâts possible.

— Vous avez une tenue en plus ?

— Je vais vous donner ça.

Ayant obtenu une combinaison de protection, Paoli l'enfila et put s'approcher plus commodément du véhicule calciné. Il en fit le tour, constata qu'il manquait les deux plaques d'immatriculation.

— De quelle couleur était-il ?

— Gris foncé, métallisé. Voyez, il reste un peu de peinture ici.

Paoli recula et fit le tour du 4x4. Puis il sortit son téléphone et contacta la PTS.

— Alors, Capitaine ? l'interpella le procureur.

— La PTS arrive dans cinq minutes, Monsieur. D'ici là j'aurai le numéro de…

— Excusez-moi, Capitaine, dit un pompier en le saluant. On a réussi à déchiffrer le numéro du châssis. Le voici.

— Ah ! Merci.

Le temps d'empocher la note qu'on lui avait tendue et il se tourna vers le procureur.

— Vous en pensez quoi, Paoli ?

Il haussa les épaules et lui retourna la question :

— Et vous ?

— S'il s'agit bien d'un des tout-terrain volés…

Et sa phrase resta en suspens.

XX

— Alors, c'est un des nôtres, François ?

— Quoi ?

— Ben, le 4x4 qui a cramé sur le parking d'une grande surface. C'était dans le journal de ce matin.

— Heu, oui… oui, oui. C'est un des premiers qui s'est fait voler.

— T'as prévenu son propriétaire ?

— Pas encore. Mais puisque tu en parles, fais-le donc…

Paoli se tourna vers le bureau de Verdier.

— Bon, j'ai vu Potier hier soir…

— Dis donc, tu vas devenir vachement copain avec lui !

— Idiot, va ! Je voulais simplement m'assurer de son soutien pour nos futures investigations.

— Et alors ?

— Eh bien, que crois-tu ? Je l'ai ! Donc, on va mettre la machine en branle.

— Et on commence par quoi ?

— L'ordinateur de Blanchet, c'est en cours…

— Oui.

— Alors, je ne vois plus qu'une chose. Les traces de pieds qu'on a relevées autour de sa voiture dans les bois.

— Et qu'est-ce que ça va donner ?

— L'identité de notre corbeau.

Amaury écarquilla les yeux.

— Tu crois ?

— Il n'y a pas cinquante mille personnes à se promener dans ce coin tous les jours, Amos. Tu l'as bien vu puisque tu étais avec moi. Alors, nous allons relever toutes les empreintes de semelles de bottes des paysans du coin et les comparer avec celles qu'on a trouvées.

Paoli décrocha son téléphone. Quelques instants plus tard, il obtenait la collaboration de deux techniciens de l'IJ.

— Mais on ne va pas aller au petit bonheur la chance, on perdrait du temps. File au cadastre et rapporte-nous un plan.

— Bien, Chef !

*

Munis de leurs documents, ils descendirent à la cour et rejoignirent Jean-Paul et Patrick, les deux policiers de l'IJ près d'une fourgonnette banalisée.

Les quatre hommes se saluèrent et Jean-Paul se mit au volant. Paoli prit place à sa droite, tandis que les deux autres s'asseyaient à l'arrière.

Après une petite vingtaine de minutes de trajet, la fourgonnette entra dans une vaste cour encadrée de deux bâtiments et d'une grange. À peine était-elle arrêtée que trois chiens de chasse surgirent en aboyant.

— Ce n'est pas très engageant comme accueil, dit Patrick.

— Pas tellement, non, lui répondit Paoli en ouvrant sa portière.

— Qu'est-ce que vous voulez ? leur cria un homme qui arrivait derrière les chiens.

— Capitaine Paoli, police judiciaire !

— La police ? Qu'est-ce que vous venez foutre ici ?

— Sur un autre ton, je vous prie ! Et rappelez donc vos chiens !

Tout en donnant de la voix, il sortit sa carte tricolore et marcha vers le fermier près duquel les chiens s'étaient rassemblés.

— Vous avez dû entendre parler du 4x4 qu'on a trouvé dans les bois…

— Ah ! C'est pour ça que vous êtes là…

— Oui, pour prendre des empreintes de vos bottes. C'est tout. Cela ne vous prendra pas plus d'un quart d'heure et vous pourrez vaquer à vos occupations.

— Et pourquoi que vous voulez ça ? En quoi suis-je concerné ?

— Peut-être en rien, justement. On vérifie. Ça fait partie de notre travail, Monsieur.

— Hum !

Tandis que Paoli parlementait avec le fermier, Patrick et Amaury étaient sortis de la fourgonnette.

— Est-ce votre seule paire de bottes ?

— Vous trouvez pas qu'les choses sont assez chères comme ça, vous ? Deux paires de bottes ? Et quoi encore ! Les bottes, moi, j'les change quand elles sont crevées, pas avant !

— Bon, Monsieur, on ne va pas y passer la journée, s'impatienta Paoli.

— Et si vous êtes marié, il serait bon que nous ayons aussi les empreintes de votre femme, ajouta Patrick qui venait de voir bouger un rideau à une fenêtre.

— Ouais, bon... Thérèse ! Thérèse, descends voir ici un peu !

— J'arrive !

Thérèse fut nettement moins réticente que son époux, et l'équipe put quitter les lieux.

Tout en roulant vers l'exploitation suivante, les hommes ne purent s'empêcher de faire des commentaires sur l'accueil qu'ils avaient reçu.

— Espérons que ce ne sera pas le même scénario à chaque fois, dit Jean-Paul en s'arrêtant à un stop.

— On verra bien !

*

Mais la suite se déroula assez bien. Excepté que deux fermiers leur manquaient pour cause de travail aux champs ou dans les bois.

— Dans les bois ?

— Oui, mon mari exploite une parcelle d'arbres qu'il coupe et débite pour vendre. Et aujourd'hui, il doit aller livrer le boulanger de Châteauneuf. Mais vous devriez le trouver là-bas, parce que ça ne fait qu'une demi-heure qu'il est parti.

— Ah ! Et sauriez-vous me montrer sur ce plan où se trouve la parcelle de votre mari ?

— C'est que… je ne suis pas très douée pour lire un plan…

— Mais vous pouvez peut-être nous dire s'il y a quelque chose de particulier aux alentours du bois…

— Les routes, ça ne compte pas, sans doute…

— Si, ça compte aussi. Il y en a une qui passe à côté ?

— Oui et un petit chemin qui la coupe. Et au bout du petit chemin, il y a une petite fontaine en granit.

Pendant que la femme parlait, Amaury Verdier déchiffrait le plan cadastral qu'il tenait, il repéra le pictogramme d'une fontaine.

— Elle a un nom particulier, cette fontaine ? demanda-t-il.

— Non, nous on l'appelle la fontaine rose, à cause de la couleur du granit.

Alors qu'elle fournissait ses explications, Paoli prit le plan cadastral.

— Bien, merci Madame.

Sans perdre de temps, la fourgonnette repartit.

Lorsqu'elle s'engagea sur la petite route, tous ses passagers confirmèrent leur sentiment de déjà-vu.

— Le 4x4 était là, dit Patrick. Il reste des ornières.

— Il y a d'autres issues ? demanda Jean-Paul.

— Non, je ne crois pas.

Les quatre hommes abandonnèrent leur véhicule en bout de chemin et s'enfoncèrent dans les arbres en suivant des traces récentes. Comme ils l'avaient supposé, il s'agissait de celles d'un tracteur et de sa remorque. Deux hommes travaillaient à proximité.

— Bonjour ! lança Paoli.

Ce qui eut pour effet de les interrompre. Ils se tournèrent vers les arrivants.

Immédiatement, Paoli et Verdier identifièrent Jo, le patron de la Chaumière de l'Orée.

— Monsieur Hascoet ?

— Oui, c'est moi, dit l'autre en jetant une dernière bûche dans sa remorque.

— On aurait besoin de votre aide…

— Heu… oui…

Comme Jo s'éloignait, Verdier le retint :

— De la vôtre aussi, Monsieur. S'il vous plaît…

Patrick et Jean-Paul avaient à peine fini de prendre les empreintes des bottes de Hascoet qu'ils échangèrent un regard éloquent. Qui n'échappa pas à Paoli.

— On tient nos bottes ? chuchota-t-il aux deux techniciens de l'IJ.

— Les bottes, oui. Regarde, cette trace bien nette figure sur les photos que tu avais prises et les moulages qu'on a réalisés ensuite.

— Patrick a raison, François.

Paoli se redressa et s'adressa à Hascoet.

— Voulez-vous bien me suivre jusqu'à notre véhicule, je vous prie ?

— Ben…

— Patrick ou Jean-Paul ?

Ce fut Jean-Paul. Il accompagna Paoli et Hascoet jusqu'à la fourgonnette. Le trio y grimpa. Là, Paoli ranima son ordinateur portable et ouvrit un fichier pendant que Jean-Paul s'activait à créer une copie des empreintes de bottes du fermier.

— Voici pourquoi je vous ai fait venir ici, dit Paoli.

Il plaça la copie faite par le technicien de l'IJ à côté de son écran d'ordinateur, lequel affichait exactement le même dessin.

— Vous reconnaissez ces dessins, monsieur Hascoet ?

— C'est pas dur, ce sont mes empreintes de bottes.

— Et savez-vous où celle-ci a été relevée ?

Il hocha la tête puis la détourna en direction de l'endroit où on avait trouvé le 4x4.

Et il lâcha :

— C'est moi qui ai posté la lettre. Ça faisait déjà trois jours qu'il était là. Et je ne voyais personne autour ni dans les environs. À la fin, je me suis approché et, là, j'ai... j'ai vu cet homme. Je me suis douté qu'il ne vivait plus. On ne pouvait pas le laisser là... Alors, je vous ai écrit.

— Le bon sens aurait voulu que vous alliez à la gendarmerie la plus proche... Pourquoi n'y êtes-vous pas allé ?

— À cause du 4x4. Je savais que vous viendriez, affirma-t-il en regardant Paoli dans les yeux. J'ai vu dans les journaux qu'il y avait eu plusieurs vols de ce genre de voiture et que l'affaire vous avait été confiée... J'ai pensé qu'il en faisait partie...

— Mais... vous saviez que l'homme à l'intérieur était mort ?

— Ben… c'est-à-dire que… Je voulais qu'il déplace son 4x4… Moi, j'ai rien contre ce que les gens viennent faire dans les bois, pourvu qu'ils me laissent exploiter ma parcelle. Mais quand j'ai voulu lui demander, j'ai cogné à la vitre parce que je croyais qu'il dormait. Mais il n'a pas bronché. J'ai crié et j'ai frappé avec le manche de ma hache, pareil, rien. C'est là que je me suis dit qu'il dormait pour toujours. Mais… je vous jure, Monsieur, j'y suis pour rien dans sa mort !

— Vous dites que le 4x4 est resté pendant quelques jours dans votre chemin… Mais, avez-vous vu quelqu'un d'autre autour ?

— Quelqu'un ? Non… je n'ai vu personne… à part deux filles qui faisaient du stop…

— Quand ça ? Quel jour était-ce ?

— Le premier jour où j'ai remarqué le 4x4.

Paoli tiqua : l'élément était nouveau. Cependant, le fermier avait fait sa réponse sur le même ton que les précédentes. Comme s'il ne réalisait pas la portée de son affirmation.

— À quoi ressemblaient-elles ?

— Je sais pas… À rien de spécial… C'étaient des filles, quoi !

— Oui, mais… jeunes ? Moins jeunes ?

— J'dirais… dans les trente ans, quelque chose comme ça…

— Vous pourriez nous les décrire ?

Il réfléchit en silence pendant deux ou trois minutes, puis secoua la tête.

— J'aurais trop peur de me gourer, j'étais assez loin d'elles. C'est que j'ai pas envie d'avoir des ennuis avec la justice, moi !

— Pourquoi auriez-vous des ennuis puisque vous nous aideriez ?

— Ben, des fois qu'on dirait que j'ai fait un faux témoignage… Déjà que j'ai fait un courrier anonyme… Non, non, non !

Pendant ce temps, Patrick et Amaury étaient revenus au véhicule et avaient tout entendu pendant qu'ils rangeaient le matériel.

— Où étaient-elles et où étiez-vous ? Approximativement…

— Ben… c'était pas sur le chemin, mais sur la route…

— Vous pourriez nous montrer ? suggéra Verdier.

— Ben… si vous insistez…

Escorté de Paoli et Verdier, Hascoet alla sur la route et pointa un endroit, à deux cents mètres environ de là où ils se tenaient.

— Elles étaient là-bas, elles sortaient du bois…

— C'est bien par là qu'est le café de votre ami Jo, non ?

— Oui, c'est ça.

— Et lui, Jo, il les a vues, les filles ?

— Ch'ais pas. Bon, je peux y aller ? J'ai mon bois à livrer et…

— D'accord, allez-y, l'autorisa Paoli. Mais je vous attends demain matin à neuf heures très précises à mon bureau de la PJ à Quimper.

— P… pou… pourquoi ? bégaya Hascoet.

— Pour faire votre déposition, Monsieur.

— Ah bon, ben, à demain, alors.

Paoli le regarda s'éloigner vers son attelage. Il fit le tour de sa charretée de bois pour la vérifier, puis grimpa sur son tracteur et le démarra.

— Eh bien, je crois qu'une petite causette avec notre ami Jo s'impose, tu ne crois pas, Amos ?

XXI

La fourgonnette banalisée s'arrêta devant La Chaumière de l'Orée. Ses occupants en descendirent et pénétrèrent dans le bar. Une table était occupée par trois petits vieux en train de jouer à la belote. Une autre, à l'opposé, par un jeune couple. Les quatre policiers restèrent au comptoir.

— Bonjour Messieurs, qu'est-ce que je vous sers ? leur demanda une dame en blouse qui essuyait des verres.

— Bonjour. Quatre cafés, s'il vous plaît. Si votre machine fonctionne, répondit Paoli.

— Oui, oui, elle a été réparée. Heureusement !

— Jo n'est pas là ? On aimerait bien causer un peu avec lui.

— Il va pas tarder. Il était allé donner un petit coup de main à Fernand pour son bois.

— Ah !

La femme s'affaira quelques minutes devant sa machine et, bientôt, quatre tasses de café bien noir et fumant s'alignèrent devant les quatre hommes. Elle leur présenta une boule en inox pleine de morceaux de sucre.

— Jo ! Tu peux venir au bar ? On te demande et, moi, faut que je retourne à ma lessive !

— J'arrive !

Elle salua ses quatre clients d'un petit signe de tête et céda la place à Jo.

— On aurait quelques mots à vous dire, dit Verdier en préambule.

— C'est rapport à quoi ?

— Vous aidez souvent Fernand ?

— Bof ! Non… pas tant que ça. Mais s'il a besoin pour son bois, comme c'est pas loin…

— Combien de temps vous faut-il pour remplir une charrette ?

— Deux heures, à peu près. Mais on perd pas not' temps à causer, hein ! On charge, vite et bien !

— Et pour décharger ?

— Il n'a besoin de personne, répondit Jo en haussant les épaules. Il débloque la ridelle arrière et il fait glisser les bûches par terre.

— À part aujourd'hui, quand êtes-vous allé aider Fernand ?

— Hier et avant-hier.

— Pas avant ?

— Si, sans doute…

Verdier reprit son café, donnant ainsi la parole à Paoli.

— Monsieur Hascoet nous a déclaré avoir vu deux filles faire du stop il y a quelque temps. Vous en souvenez-vous ?

— …

— Elles ont dû passer devant votre café…

— …

Jo lança des regards inquiets vers l'arrière-bar.

— Quelque chose ne va pas ? s'enquit Verdier.

— Je regardais juste si Madeleine n'était pas là...

— Elle vous a dit qu'elle allait à sa lessive, me semble-t-il.

— Heu... oui... Hem !

Mais Jo, au lieu de parler, se tourna et se pencha encore.

— Qu'est-ce qui vous rend nerveux comme ça ?

— Heu... rien... mais...

— Eh bien, alors, parlez ! On vous écoute.

— Je ne veux pas que Madeleine...

Paoli contourna le comptoir, passa derrière Jo, jeta un œil à gauche et à droite et tira la porte.

— Alors... ces deux filles...

— Assez mignonnes. Oui, je les ai vues faire du stop.

— Vous pourriez nous les décrire ?

— Mieux que ça ! Je peux vous montrer leur photo.

Pour un coup de théâtre, c'en était un ! Il fallut dix secondes aux quatre flics pour réagir.

— Eh bien, qu'attendez-vous ?

— C'est que... la photo est sur mon téléphone et il est en charge !

— Ce n'est pas un problème, lui assura Patrick. Si vous voulez bien me le montrer...

— Heu... oui... oui...

Patrick l'incita à avancer en le prenant par le bras.

— Jean-Paul, va prendre le nécessaire dans la bagnole !

— J'y vais !

*

Patrick et Jean-Paul, rompus à toutes sortes de techniques, ne furent pas longs à transférer les images enregistrées sur le mobile de Jo vers l'ordinateur portable présent dans le fourgon.

— Voilà, François, c'est fait ! annonça Patrick.

— Fais voir !

Patrick joua de la "touch pad" et afficha les photos. Le chef de la PJ et son adjoint reconnurent immédiatement Tina Mars.

— Hon, hon ! fit Paoli. Puis-je savoir pourquoi vous avez photographié ces filles ?

— Elles passaient là... devant... Et je les trouvais jolies... C'est tout.

Devant l'air quelque peu dubitatif de Paoli et Verdier, il s'empressa de rajouter :

— Surtout ne voyez là aucune malveillance de ma part. Je ne suis pas un pervers, moi ! C'était juste pour m'entraîner à faire des photos avec mon nouveau téléphone. Je vous le jure !

— Hum !

— On peut voir la facture de votre téléphone ? lui demanda Verdier.

Jo hocha la tête et ouvrit un tiroir. Il en sortit la facture de son nouveau téléphone ainsi que son contrat d'abonnement.

— Voilà, tout est là.

Jean-Paul s'empara du petit ordinateur et voulut lancer une connexion Internet.

— Il n’y a pas de réseau WIFI par ici ?

— Quoi ?

— Laisse tomber, Jean-Paul. On fera les vérif’ à Quimper.

— D’accord.

Leur matériel ramassé, Patrick et Jean-Paul saluèrent Jo et sortirent.

— Une dernière petite question, dit Paoli.

— Que voulez-vous savoir encore ?

— D’après les prises de vue, vous étiez assez proche des deux filles…

— Assez, oui, admit Jo en haussant une épaule.

— Mais vous les avez photographiées à leur insu…

— Oui…

— Avez-vous entendu ce qu’elles se disaient ?

— J’ai entendu l’une d’elles dire : « Dépêchons-nous, Valérie ! »

*

La fourgonnette banalisée ramena tout le monde dans la cour de l’hôtel de police.

— Bon, vous me traitez tout ça au plus vite ?

— Pas de problème, François, on te fera signe.

— Si tu pouvais toujours m’envoyer une photo par Intranet, ça m’aiderait, Jean-Paul.

— D’accord, je te fais ça tout de suite, le temps de monter chez nous !

Poignées de main. Départ des hommes vers leurs services respectifs.

— Eh bien… si je m'attendais à ça ! fit Verdier.

— Je dois avouer que le coup des photos, je ne m'y attendais pas non plus.

— Pour les actes, ça peut attendre demain ? Ma femme m'attend.

— Vas-y.

— Tu restes encore ? demanda Verdier en ouvrant la porte.

— Cinq minutes.

— OK. Ciao !

— Ciao !

Paoli passa les cinq minutes devant son écran d'ordinateur. Il ouvrit son Intranet, patienta jusqu'à l'arrivée du transfert des photos. Après en avoir choisi une, il l'afficha plein écran et l'imprima. Cela fait, il plia l'impression, la glissa dans une poche de sa parka, éteignit son ordinateur et quitta la PJ.

Alors qu'il marchait vers son Audi, il consulta sa messagerie. Pierre l'avait appelé et lui demandait de passer prendre la pizza commandée chez Luigi. Un autre message – de Marine, cette fois – lui donnait rendez-vous pour le lendemain soir.

Il démarra et se faufila dans la circulation de cette fin de journée. La halte à la pizzeria fut plus longue que prévue, Luigi avait pris du retard à cause d'un manque de bois pour son four.

— Tu n'as pas un four électrique pour dépanner ? lui demanda François.

— Non. Et je refuse d'en avoir un ! Ma clientèle serait trop déçue que je cuise mes pizzas autrement que dans mon four à bois. Et toi le premier, si ça se trouve !

— Peut-être, oui, admit François en souriant franchement. Bon, à part ça, t'en as pour longtemps ?

— Dix minutes, un quart d'heure, ça te va ?

— Faudra bien !

Luigi s'activa devant son plan de travail et disposa les divers ingrédients sur un pâton qu'il venait d'étaler. Puis il glissa le tout dans son four à bois à l'aide de sa longue pelle.

— Tu veux un rosé ? Je viens d'en recevoir un, un vrai délice ! Tiens, goûte-le pour voir...

Luigi versa un peu de vin dans deux verres et en donna un à François. Tous deux admirèrent la robe rose aux doux reflets dorés du vin avant de le humer et d'y tremper les lèvres. François en convint : le vin s'accommoderait bien avec sa pizza.

Dix minutes plus tard, il retournait à sa voiture et rentrait chez lui. Pierre avait mis le couvert et patientait devant la télé.

— Salut fiston !

— T'as pensé à la pizza, papa ?

— Oui. Je la fais réchauffer un peu et on passe à table. Heureusement que tu m'as laissé un message, j'ai failli oublier Luigi, dit-il en se servant un verre.

— Tu avais plein de travail ?

— Pas mal, oui. Et surtout un déplacement sur le terrain qui nous a pris du temps.

Trois quarts d'heure plus tard, François et Pierre avaient fini de dîner.

— Tu peux regarder la télé si tu veux, Pierre, j'ai besoin de prendre un bain.

— Chic alors, je vais pouvoir regarder mon émission !

*

François était immergé dans l'eau chaude parfumée à la lavande, un gant de toilette sur le visage. Rien de tel que de respirer au travers d'un linge humide pour se détendre.

Cependant, ce soir, cela ne suffisait pas totalement. Car son esprit ne pouvait se détacher complètement des portraits des deux filles, Tina et Valérie, qu'il avait imprimés.

Que faisaient-elles dans les bois ce jour-là ? Elles ne pouvaient pas s'y être trouvées par hasard : c'était impensable !

Il s'enfonça sous la surface de l'eau, y resta deux minutes et refit surface.

Quelques instants plus tard, il sortit de la baignoire et enfila un peignoir. Il se frictionna les cheveux et glissa ses pieds dans des mules en éponge.

— Il est temps d'éteindre la télé, Pierre, dit-il en sortant de la salle de bains.

— J'suis déjà dans ma chambre, papa ! Je bouquinais.

En voyant la stature de son père dans l'encadrement de la porte, il ferma son livre et le posa sur sa table de nuit.

— Bonsoir papa !

— Dors bien, Pierre.

Le silence et l'obscurité emplirent bientôt l'appartement des Paoli.

Hélas, vers trois heures du matin, un rêve perturba le sommeil de François. Quatre silhouettes fantomatiques faisaient une ronde autour de lui. Quatre spectres féminins aux visages dissimulés par des masques blancs. Comme il entendait des prénoms, il tendait les bras pour ôter les masques et vérifier les identités. La fois où il y parvint, il n'y avait aucune tête derrière le masque et la robe s'effondra sur le sol. L'instant d'après, le fantôme reprenait sa place dans la ronde en mêlant son rire sardonique à celui des trois autres. Puis la ronde s'accéléra, donnant de plus en plus le tournis à François.

Il se réveilla. Le souffle court, le cœur battant vite, la sueur au front.

Il alluma sa lampe de chevet et s'assit sur le bord de son lit. Pas de bruit de l'autre côté du mur, Pierre dormait, il ne l'avait pas réveillé. Il se leva et alla boire un grand verre d'eau fraîche à la cuisine.

XXII

Peu après avoir déposé Pierre à l'école, François se gara un peu plus loin et prit son téléphone mobile. Il ouvrit le répertoire et le fit descendre de quelques lignes. Lorsque le nom et le numéro s'affichèrent, il hésita.

L'écran s'était éteint depuis deux minutes, François réfléchissait toujours.

— Et puis zut !

Et il ralluma son écran, puis appuya sur la touche appel.

— Salut David ! Je ne te tire pas du lit ? Ah ! Bon, écoute, j'ai besoin de te voir ! Je peux venir ce matin ? Oui, là, maintenant... Le temps de faire la route. D'accord.

Une vingtaine de minutes plus tard, il stoppait son Audi devant la maison de son ami.

— Salut François ! Entre !

— Bonjour. Ça va ?

— Mieux, mais ça coince encore.

François ferma la porte et suivit David dans sa cuisine américaine.

— Tu veux un jus ? J'allais boire le mien, dit-il.

— Je veux bien.

David attrapa une tasse pour son ami et la remplit de café.

— Alors, en quoi puis-je t'être utile ?

François plongea la main droite dans la poche intérieure de sa veste, déplia la photo des deux filles prise par Jo et l'étala bien à plat sur la table.

— Qu'est-ce que tu fais avec une photo de Valérie dans ta poche ? interrogea David après l'avoir regardée.

— Ah ! Je pensais bien l'avoir reconnue… lâcha François involontairement. Je ne l'ai vue qu'une fois, ici…

— Qui est l'autre fille ?

— Son nom est Tina Mars. Ça te dit quelque chose ?

— Non. Ça devrait ?

— Je ne sais pas, je te posais la question, c'est tout.

David regardait toujours la photo.

— T'as des explications ?

— Quelques-unes.

Il écouta François sans l'interrompre.

— Réponds-moi, franchement, François. Tu crois que Valérie est mêlée à ces home-jackings ?

— Je suis bien embarrassé. Je voudrais pouvoir te dire que non, mais tu me connais assez pour savoir que je n'aime pas du tout ce genre de coïncidence.

— Je sais, finit-il par dire après avoir vidé son bol.

Quelques minutes s'écoulèrent.

— Que vas-tu faire ?

— Tu devines certainement que j'aimerais bien entendre Valérie au sujet de ses relations avec Tina.

— C'est logique, c'est ce que je ferais à ta place, approuva David.

— Bon. Donc, il me faudrait ses coordonnées afin que je la convoque.

David hocha la tête en signe d'acquiescement. Il les écrivit sur une petite feuille d'un bloc-notes.

— Je te tiendrai au courant, l'assura François en prenant congé de son ami.

Il avait besoin de décompresser après sa visite à David.

Il roula doucement jusqu'au centre de Sainte-Marine. Il abandonna son Audi à quelques mètres de la chapelle et descendit au port sous le crachin qui s'était mis à tomber. Il marcha jusqu'au bout de la cale du bac et s'y arrêta. Il observa un pêcheur debout dans son canot en train de godiller. Lui non plus ne faisait pas cas du crachin.

François promena son regard sur les diverses embarcations au mouillage, suivit le vol de deux mouettes vers Bénodet puis, quand elles eurent disparu de son champ de vision, il remonta à sa voiture.

*

Ce ne fut pas chose aisée que d'arriver à joindre Valérie. Et lorsque ce fut fait, elle s'étonna d'être convoquée à la PJ. Néanmoins, elle se présenta à l'heure.

Le capitaine Paoli descendit lui-même la chercher.

— Il me semble qu'on s'est déjà vus, non ? dit-elle en lui serrant la main.

— Brièvement, oui. Si vous voulez bien me suivre, mon bureau est à l'étage.

Il monta devant elle, s'effaça pour la faire entrer et l'invita à s'asseoir, tandis qu'il s'installait derrière son bureau.

— J'avoue que votre convocation m'a surprise, dit-elle en introduction.

— C'est à cause de ceci, répliqua-t-il en tournant son écran d'ordinateur vers elle.

Côte à côte, les visages de Tina et de Valérie.

— Qui a pris cette photo ?

— Un homme qui faisait des essais avec son nouveau téléphone.

— Mais… il n'avait pas le droit ! C'est une atteinte à la vie privée !

Paoli la laissa dire sans rien répliquer. Ce qui l'intéressait, c'était la façon dont Valérie réagissait. Et apparemment, cette réaction était normale, dans le ton de la voix et sur les traits de la jeune femme.

— Pouvez-vous me dire avec qui vous êtes ?

— Avec une amie. Elle s'appelle Tina. Tina Mars.

Au moins confirmait-elle l'identité de ladite Tina.

Paoli l'informa du jour et de l'endroit où avait été pris le cliché.

— Que faisiez-vous là ?

— Vous venez de dire que le type nous a photographiées pendant qu'on faisait du stop.

— Ne jouez pas à la plus fine, Valérie…

La jolie blonde aux yeux verts soutint le regard sombre du capitaine Paoli, en silence.

— Pourquoi m'avez-vous convoquée ? Vous ne vous êtes pas encore expliqué à ce sujet.

— S'il ne s'agit que de ça, je vais le faire tout de suite. Voilà…

Elle écouta son exposé, tantôt secouant la tête, tantôt haussant un sourcil ou les épaules. Comme si elle se moquait de lui.

Il se tut. Cette interruption surprit Valérie dont les joues se mirent à rosir très fort.

— Écoutez-moi bien. David Marchand n'est pas seulement un collègue flic, c'est mon ami ! Et deux types sont venus jusqu'à chez lui et l'ont tabassé pour voler une bagnole qui ne lui appartenait même pas.

— …

— Vous comprenez ce que je veux vous dire ? On ne passe pas devant chez David ! On y va ou on n'y va pas. C'est donc qu'il fallait que les deux types soient renseignés pour se rendre chez lui. Par conséquent, je fais mon boulot, j'enquête !

Les yeux de Valérie s'écarquillèrent.

— Je ne le crois pas ! Vous me soupçonnez d'avoir donné l'adresse d'un mec qui… que…

— Je ne vous soupçonne de rien, Valérie. Pas encore. Je cherche à comprendre ce qui s'est passé et comment, dit Paoli le plus posément possible.

Pour faire baisser la tension qui régnait entre eux, il proposa une boisson à la jeune femme. Elle accepta un thé. Le temps de faire chauffer de l'eau et d'y plonger un sachet de thé, et il était de retour.

Tandis qu'elle soufflait sur sa boisson, François se rassit et demanda :

— Vous êtes une amie de longue date de Tina-Mars ?

— Deux ans, à peu près…

Valérie lui raconta qu'elle avait fait la connaissance de Tina à bord d'une vedette remontant l'Odet. Les deux jeunes femmes avaient sympathisé immédiatement.

— Elle est vraiment intéressante, elle sait des tas de choses sur tout. Elle aime aussi bien les danses folkloriques que le théâtre classique ou de boulevard, les musées ou le cinéma. On ne s'ennuie jamais avec elle, elle a des tas d'idées !

— Est-elle mariée ? Fréquente-t-elle quelqu'un ?

Comme Valérie buvait, Paoli dut attendre qu'elle ait fini pour avoir sa réponse.

— Il s'appelle Florent. À part faire partie d'un mouvement écolo, je crois qu'il est enseignant.

— L'avez-vous déjà croisé ?

— Croisé est bien le mot. Un jour que Tina m'avait demandé de passer la prendre pour aller à une expo à l'abbaye de Daoulas, il m'a bousculée dans l'escalier alors que j'atteignais leur palier.

— Hon ! Donc, vous ne lui avez jamais parlé ?

— Une fois, au téléphone, si. C'est tout. Il s'était montré à peine aimable. Apparemment, je le dérangeais !

— Ça peut arriver… dit Paoli en ouvrant une chemise cartonnée.

À l'intérieur, il y avait les procès-verbaux d'audition de Paul Forestier. Paoli les parcourut jusqu'à ce qu'il trouve ce qu'il cherchait. L'écrivain avait mentionné « Laurent » et non « Florent » comme prénom du petit ami de Tina.

— Et Tina, vous parlait-elle de Laurent quand vous étiez ensemble ?

— Non, vous avez mal entendu, ce n'est pas Laurent, mais Florent, le reprit-elle.

— Ah ! Pardon. Alors ?

— C'est arrivé, oui, au début. Elle était sous son charme. Florent par-ci, Florent par-là.

Pendant que Valérie parlait de Tina et de son petit ami, Paoli reposa son regard brun sur la photo.

— Revenons-en à ce jour-là. Que faisiez-vous dans les bois de Laz, Tina et vous ? Comment y étiez-vous venues ?

— …

— Je vous préviens, Valérie. Vous ne sortirez pas de cette pièce sans me l'avoir dit.

À nouveau leurs regards se croisèrent au-dessus du bureau.

Celui de la jeune femme, maquillé juste ce qu'il fallait, légèrement craintif : attendrissant ?

Celui du flic, fixe, d'un brun profond : sévère ?

Les secondes se succédèrent dans le silence.

Plus le flic regardait son témoin, plus il lui trouvait de charme.

Il toussota et se secoua. Elle détourna les yeux et inspira. Charme rompu. Parenthèse refermée. Retour à la réalité.

— En 4x4. Tina m'a téléphoné et nous avons convenu d'un rendez-vous. Je suis passée la prendre et nous sommes allées chez Olivier.

— Était-ce la première fois que vous y alliez ?

— La deuxième. David n'en sait rien, ajouta-t-elle en baissant la tête.

— Je m'en doute. Continuez…

— Cela faisait quelque temps qu'il nous avait promis de nous emmener faire un tour dans sa grosse bagnole. Et il voulait qu'on soit présentes toutes les deux. C'est tombé ce jour-là… Nous sommes donc montées à son appart', Olivier nous a servi un thé qu'il venait de découvrir et qu'il voulait partager avec nous. Avant de partir, Olivier a fait la vaisselle et on est descendus à son 4x4. J'ai laissé la place de devant à Tina, je suis montée derrière.

Paoli chercha le compte rendu de perquisition du domicile de Blanchet. C'était vrai, la cuisine était propre.

— Êtes-vous allés dans sa chambre ?

— Non, pas ce jour-là.

— C'est donc qu'il avait eu de la visite avant vous deux, sa chambre était en désordre.

— Pas forcément. Quelquefois, il hébergeait Coca.

— Coca ? Qui est-ce ?

— Une de ses relations… C'est lui qui l'a surnommée ainsi, parce qu'elle consomme de la cocaïne.

— Et ça arrivait souvent ?

— Les soirs où ils se retrouvaient en fête tous les deux.

— Vous avez l'air bien renseignée, dites-moi… Par lui ?

— Oui, c'est lui qui nous l'a dit.

— Bon, revenons à nos moutons. Vous a-t-il dit où il vous emmenait ?

— Il a juste dit qu'on allait jouer au loup dans les bois. On a fait de la route et il a stoppé son 4x4 sur un bord de route. On est descendus et on s'est enfoncés dans les arbres.

— Pour ne pas être vus ?

Valérie hocha la tête et poursuivit.

*

Elle avait fini de raconter son histoire depuis un moment. Légèrement voûtée sur sa chaise – fatiguée par son récit ? – elle attendait la réaction du flic.

Il la regardait. Pensif.

Il était bien tenté de la croire, ce qu'elle venait de dire corroborait des indices et des traces relevés dans le 4x4 et l'appartement d'Olivier Blanchet.

Pourtant, elle avait bien menti – par omission – à un autre flic, celui qu'elle fréquentait et qui n'était autre que l'ami de Paoli. Que penserait David Marchand s'il apprenait cela ?

— Vous dites que Blanchet a stoppé son 4x4 le long d'une route…

— Oui, une petite.

— N'était-ce pas plutôt un chemin ?

— Si vous voulez. C'était étroit et en terre.

— Que s'est-il passé ensuite ?

— On a joué à colin-maillard et au loup ! Ça vous va ou vous voulez des détails ?

Silence.

— Et vos jeux ont continué et fini dans son 4x4. Comment était Olivier ?

— Ben… un peu fatigué, forcément.

— Forcément.

Elle baissa le nez, gênée.

— Mais il était vivant, je vous le jure !

— Et comment se fait-il qu'il vous ait laissé partir à pied, toutes les deux ?

— Il s'était endormi, il ronflait comme un loir ! On n'allait pas passer la nuit dans les bois quand même ! Si ?

— Alors, vous êtes parties sur la route faire du stop…

— Oui.

Paoli se leva pour se dégourdir un peu les jambes. Il se posta devant la fenêtre et, tournant le dos à Valérie, demanda :

— Combien Blanchet vous a-t-il donné pour aller jour au loup ?

— Trois cents euros à chacune.

— Eh bien, ce n'est pas donné !

— Vous voulez dire que ce n'est pas cher, oui ! Vous croyez vraiment que des filles comme Tina et moi aurions couché avec ce gros sac pour rien ?

— Vous savez le nom que ça porte, ça ?

— …

Et comme elle n'avait pas répondu, Paoli fondit sur elle et la décolla de sa chaise en la prenant par les bras.

— Et David, combien lui demandiez-vous pour coucher avec lui, hein ?

— Mais… rien ! pleura-t-elle. Lâchez-moi, vous me faites mal.

Il desserra son étau ; elle retomba sur sa chaise et se cacha le visage dans les mains pour pleurer. Retourné à la fenêtre qu'il avait ouverte, il inspira profondément l'air frais du dehors. Il ne s'était pas énervé comme ça depuis quelques semaines. Les secondes s'étirèrent en minutes, lesquelles s'additionnèrent jusqu'au total de six avant que Paoli ne referme la fenêtre et se rasseye.

Valérie avait séché ses larmes, mais gardait les yeux baissés. Retarder le plus longtemps possible le moment où elle devrait croiser le regard noir de ce flic !

Paoli lança une impression du PV d'audition et le présenta à Valérie.

— Lisez et signez ! ordonna-t-il froidement. Ensuite, vous pourrez vous en aller.

Elle ne lut pas, mais signa et se leva. Puis, sans un mot, sans un regard, elle partit.

*

Après le départ de Valérie, le capitaine Paoli avait quitté la PJ et avait pris la direction de Concarneau au volant de son Audi.

Il laissa sa voiture sur la place du 8 mai 1945 et entra dans le premier bar venu.

Il se hissa sur un tabouret et commanda un whisky. Qu'il avala en deux traits rapprochés.

— Un autre, s'il vous plaît. Merci.

Ses deux mains entouraient son verre et réchauffaient l'alcool. Son regard se noya dans la couleur ambrée d'où remontèrent des images et des souvenirs.

Souvent, il s'était demandé quelle sorte d'homme il était et comment il était perçu par les autres. L'image qu'il donnait de lui ne devait pas être des plus plaisantes.

Comme il portait son verre à ses lèvres, son téléphone vibra : un SMS de Marine qui lui rappelait leur rendez-vous de ce soir. Ses traits se détendirent, la gorgée de whisky fut plus mesurée. Il paya ses consommations sans avoir terminé son second verre et sortit.

Il longea le quai, face à la Ville Close, jusqu'à la capitainerie. Arrivé là, il se campa sur ses jambes écartées et respira l'air du large à pleins poumons, à s'enivrer.

Il retourna sur ses pas. Il était temps de rentrer à Quimper s'il ne voulait pas être en retard. Son téléphone sonna à nouveau : David. Après avoir laissé sonner cinq coups, il décida de ne pas répondre. La messagerie resta muette, David n'avait pas parlé.

Il ramassa son téléphone et démarra sa voiture.

XXIII

Ils sortirent du restaurant.

— On fait quelques pas ?

— Si tu veux.

Ils s'engagèrent sur les allées de Locmaria. L'Odet coulait en silence, reflétant les lumières des lampadaires.

Marine glissa son bras sous celui de François et accorda son pas au sien.

— Qu'est-ce qui ne va pas, François ?

— Rien…

— Hé ! Tu crois que je ne te connais pas ?

Il ne dit rien.

Marine non plus ; elle savait qu'il fallait lui laisser du temps pour parler. S'il parlait. S'il en exprimait le désir.

C'est au bout des allées qu'il dit :

— Je me demande comment tu fais pour me supporter.

— Tu n'as pas si mauvais caractère que ça, tu sais ! J'en ai connu des pires que toi ! D'ailleurs, c'est parce qu'ils étaient pires que je ne les fréquente plus.

Cette phrase déclencha le rire de François. Puis celui de Marine.

Et quand leurs rires se calmèrent, François prit le visage de Marine dans ses mains et approcha ses lèvres des siennes.

Juste un simple baiser, chaste, puis une étreinte.

— François, tu m'étouffes ! Et puis, il commence à faire un peu froid.

— Tu as raison, rentrons !

Il lui prit ses clefs et ramena sa voiture au pied de leur immeuble.

Ils durent attendre que l'ascenseur descende du dernier étage pour remonter au leur.

Ils entrèrent chez Marine pour un dernier verre.

— Je n'ai plus de whisky. Qu'est-ce que tu veux à la place ? Gin ? Vodka ?

— Un petit café fera l'affaire.

— Un café ? T'es sûr ? J'ai du cognac ou du calvados, si tu veux…

— Non, non, un café, ça ira.

Marine alluma sa toute nouvelle machine et, quelques instants plus tard, ils savouraient un délicieux expresso.

Alors que François vidait sa tasse, son téléphone sonna.

— François Paoli ! Tu m'avais promis d'éteindre ton téléphone !

— Désolé, j'ai oublié, mentit-il.

— Eh bien, vas-y, réponds !

— Allô ? Oui, je vous écoute… Comment ? Où ça ? Ah ! Vous avez prévenu le procureur ? Oui… Oui… Ah ! Bon, je vais venir. Décidément, ce n'est pas de chance, soupira François en rempochant son téléphone.

— Sauf que, ce soir, t'es encore habillé... Qu'est-ce que c'est, cette fois ?

— Un incendie de 4x4 près d'une résidence, route de Bénodet.

— Et tu es obligé d'aller voir ?

— Oui, je suis d'astreinte.

— Tu ne me l'avais pas dit !

— Amaury m'a demandé de changer au dernier moment, répliqua François en ouvrant la porte.

— Tu reviens après ?

C'était la première fois qu'elle lui faisait une telle demande.

— Je ne sais pas à quelle heure je vais rentrer, Marine...

— Je m'en fiche. Allez, va vite ! Je t'attends déjà...

*

Les gyrophares des pompiers et de deux voitures de police tournoyaient en bleu et orangé. Des silhouettes allaient et venaient dans cet éclairage.

— Je suis le capitaine Paoli de la PJ, se présenta François à un pompier en exhibant sa carte. Il y a des victimes ?

— Un blessé, le propriétaire.

François Paoli s'avança vers le 4x4 fumant, reconnut certains pompiers, salua les hommes de la BAC.

— Il aurait pu faire partie de votre liste...

— Bonsoir, Monsieur le procureur, dit Paoli en se tournant vers le magistrat. Que s'est-il passé ?

— Le propriétaire est intervenu dès que l'alarme s'est déclenchée. Mais c'était trop tard, les premières flammes montaient déjà de son 4x4. Et quand il est arrivé, un individu lui a sauté dessus. Les deux hommes se sont battus, mais le malfaiteur a eu le dessus et s'est enfui dans la nuit.

— Pourquoi pensez-vous que le 4x4 aurait fait partie de la liste ?

— Mercedes... C'est allemand, non ? Venez, allons voir monsieur Pinson.

— Vous avez demandé à l'IJ de venir ?

— Vos collègues de la BAC l'ont déjà fait.

Enveloppé dans une couverture de survie, monsieur Pinson regardait tristement la carcasse de sa voiture. Paoli le salua et se présenta.

— Puis-je vous poser quelques questions ?

— Que voulez-vous savoir ?

— Racontez-moi ce qui s'est passé...

— Mon alarme a sonné, alors je suis descendu et j'ai vu un type glisser une espèce de torche sous l'aile arrière, près du réservoir à essence. J'ai compris qu'il voulait brûler ma voiture, alors je suis intervenu. Mais il a eu le dessus, il était trop fort.

— Vous êtes sûr qu'il était seul ?

— Je n'ai vu personne d'autre, Monsieur.

— C'est vous qui avez prévenu les pompiers ?

— Non, ça doit être ma voisine. Tenez, cette petite vieille, là-bas...

La petite vieille en question s'adressait déjà à un policier de la BAC en uniforme.

— Pas d'autres voisins ?

— Oh si ! Mais ceux de ces deux maisons-là sont partis à un concert à Rennes. Et la femme de celle-ci est au Canada depuis huit jours.

— Vous connaissez bien vos voisins ?

— On se parle de temps en temps, oui, et on se voit une fois par mois à peu près.

— Mouais… fit Paoli en lançant un coup d'œil sur les habitations de la rue. Bon, merci, ce sera tout pour l'instant.

Paoli abandonna Pinson et rejoignit les soldats du feu qui rangeaient leur matériel.

— Ah ! Paoli !

— Salut Georges ! Alors, que peux-tu me dire ?

— L'incendie criminel ne fait pas de doute, le 4x4 était neuf et on a trouvé ça à deux mètres.

Georges exhiba un jerrican d'essence et un bout de couverture.

Paoli y jeta un œil puis demanda à un technicien de la PTS de les emporter pour analyses.

*

— François…

— …

— François, il est huit heures.

— Hein ?

— Tu m'as dit de te réveiller à huit heures…

— Et il est l'heure ? Déjà ?

— Eh oui !

Il roula sur le dos, se frotta les yeux, vérifia l'heure à sa montre. Soupira.

François se tira du lit de Marine et passa sous sa douche.

Son café avalé, il partit pour la PJ.

Alors qu'il passait le pont Max Jacob, l'idée de rendre visite à Tina Mars lui passa par la tête.

Il se gara le long du Steïr, traversa la rue du Pichéry et monta trois marches. Parmi les noms écrits en regard des boutons de sonnettes, il chercha celui de Tina Mars. Le pressa.

— Oui, qu'est-ce que c'est ?

Une voix masculine.

— Capitaine François Paoli, PJ.

— La PJ ? Qu'est-ce que vous voulez ?

À ce moment, Paoli entendit la voix de Tina.

— Tina, c'est Paoli. Pouvez-vous me laisser monter ?

— D'accord, dit-elle. Deuxième, à gauche.

— Merci.

Et le cliquetis du déverrouillage de la porte extérieure se fit entendre.

Paoli poussa la lourde porte et entra dans un hall au sol carrelé.

En face de lui, l'escalier qui desservait les deux étages de l'immeuble, commençait à côté d'une porte de service donnant sur une cour intérieure. Paoli monta et sonna à la porte de gauche.

— Vous êtes matinal ! Allez, entrez ! l'invita Tina. Je vous présente Florent.

— Ah ! Florent… Bonjour.

— Bonjour.

— On allait juste prendre notre petit déj'. Vous voulez un café ?

— Pourquoi pas ?

— Flo, tu peux attraper une tasse ?

Paoli le regarda. Il était élancé, mince, d'allure sportive. Ses cheveux coupés court étaient châtains ; ses yeux, bleus.

— Tiens, dit Florent en tendant une tasse à Tina.

— Sucre ? demanda-t-elle à Paoli en versant le café dedans.

— Oui, merci. Je suis désolé de débarquer si tôt, à l'improviste, mais je craignais de vous manquer. Vous commencez assez tôt, je crois…

— Ça dépend où je récupère mes groupes quand j'en ai. Et aujourd'hui, je n'en ai pas.

— Et vous, Florent, quel métier exercez-vous ?

— Je suis enseignant. D'ailleurs, il va être temps que je parte.

— De quelle matière ?

— Aucune en particulier, je suis professeur des écoles.

— Ça ne doit pas être facile tous les jours…

— Bah ! Ça dépend des jours… et des gosses aussi.

— Et… à quoi passez-vous votre temps libre ? Vous faites de la photo ? interrogea Paoli en posant les yeux sur une superbe image de mer démontée.

— Oui, j'aime bien. Bon, je dois partir.

Florent se leva de table, laissant la moitié de son café dans son bol. Il attrapa une serviette et son blouson au passage, prit ses clefs.

— Ne m'attends pas pour déjeuner, dit-il à Tina en sortant.

— J'ai l'impression d'avoir dérangé votre ami Florent.

— Bof ! Ne faites pas attention à lui.

— Il est un peu ours, quand même…

— On dit ça quand on ne le connaît pas… Voulez-vous encore un peu de café ?

— Non, merci, ça ira.

Paoli suivit Tina Mars à sa cuisine. Quand on se trouvait dans la pièce, on se rendait compte qu'on était au cœur de l'appartement. Les odeurs d'épices, les ustensiles accrochés au mur rendaient l'ambiance chaleureuse.

— Jolie cuisine ! complimenta Paoli.

— Oui, je l'aime bien, même si j'y passe peu de temps.

— À cause de vos horaires ?

— Oui, en partie. L'autre raison est que Florent s'est mis au bio depuis quelques semaines.

— Et alors ?

— Je refuse de cuisiner ses graines. Voilà.

— Ah !

Ils étaient revenus au salon depuis une poignée de minutes quand Tina demanda à Paoli ce qu'il était vraiment venu faire à une heure si matinale.

— Vous parler, je vous l'ai dit.

— Oui, mais parler de quoi ?

— Valérie Bonnasse.

— Ça fait plusieurs jours que je ne l'ai pas vue.

— C'est-à-dire ? À quand est-ce que ça remonte, précisément ? Et où ?

Tina interrompit ce qu'elle faisait. Son torchon en main, elle se tourna vers Paoli.

— Qu'est-ce qu'elle vous a dit ?

— Vous ne m'avez pas répondu… Où et quand ? insista-t-il.

Tina prit le temps d'essuyer sa table et de se pencher au ras du plateau pour examiner une ou deux traces. Qu'elle se mit à frotter.

Paoli la laissa faire. Il devinait ce qui se passait dans la tête de Tina Mars.

Enfin, elle posa son torchon, remit un vase et son bouquet au centre de la table et s'assit. Elle regarda Paoli. Puis commença à parler.

*

Tina Mars raconta comment son amitié pour Valérie Bonnasse était née. Sa version était identique à celle que Paoli connaissait déjà.

Mais des deux, Tina était certainement la plus audacieuse, celle qui osait draguer un homme quand il lui plaisait.

— Vous avez dragué Paul Forestier ?

— Ben, quoi, il était bel homme !

— Pourquoi en parlez-vous au passé, Tina ? Il n'est pas mort.

— Je sais bien, c'est moi qui ai appelé les secours. N'empêche, il était bien amoché. Au fait, il va mieux ?

— Oui, oui, répondit rapidement Paoli.

Il fit quelques pas dans la salle, alla regarder par la fenêtre.

— Et Olivier Blanchet ? Comment est-il entré dans votre vie et dans celle de Valérie ?

— À cause d'un accident.

— Et c'est un accident aussi qui vous a poussée dans ses bras ?

La réponse tardant à venir, Paoli reprit la parole.

— Vous croyez vraiment que je vais gober tous vos mensonges, mademoiselle Mars ?

— …

— Vous voici bien silencieuse tout à coup !

Il s'absorba à nouveau dans le spectacle de la circulation qui animait la rue, deux étages plus bas.

— C'est à cause de Florent, lâcha Tina d'une voix tout juste audible.

Cette fois, Paoli prit le parti de garder le silence. Et patienta. Patience récompensée lorsque la voix de Tina Mars s'éleva, entrecoupée de pleurs.

*

Elle avait fini de parler.

— Ce n'est pas guide touristique que vous auriez dû être, c'est comédienne !

— Mais… je vous ai dit…

— Ce que vous vouliez ! la coupa-t-il sèchement. C'est-à-dire un mélange de vérités et de mensonges. Car, dans tout ce que vous venez de me raconter, Tina, il y a des faits que nous avons confrontés avec d'autres et des détails que nous avons vérifiés. C'est pourquoi je peux affirmer que tout ce que vous dites n'est pas vrai.

— …

— Mais… passons. Parlez-moi de votre ami Florent.

Mais on sonna et Tina préféra aller répondre à l'interphone. Lorsqu'il entendit « Je t'ouvre ! », Paoli traversa la salle et arriva près de Tina.

— Puisqu'il en est ainsi, vous allez recevoir une convocation en bonne et due forme. Et quand vous serez dans mon bureau, on verra bien ! Mademoiselle, au plaisir !

Sa sortie avait quelque chose de suranné et de théâtral – il ne lui manquait qu'un chapeau pour le salut – mais il comptait sur sa menace implicite. Satisfait de lui, il descendit les marches en faisant mine de téléphoner. Lorsqu'il croisa l'homme qui venait d'arriver au premier étage, il le prit en photo à son insu.

*

La matinée était largement entamée, voire quasiment sur son déclin, quand il poussa la porte de la PJ.

— Tiens, passe-moi ce gus dans nos trombinoscopes, dit-il à Tanguy Botrel en lui donnant son téléphone.

Le portrait de l'homme croisé dans l'escalier était affiché plein écran dessus.

— Oh ! Mais…

— Oui ?

— J'ai l'impression d'avoir déjà vu cette tête-là quelque part.

— L'intéressant serait de savoir où.

— Laisse-moi un peu de temps…

— Tout le temps que tu veux d'ici ce soir, répliqua Paoli en allant à son bureau.

— Salut François ! entendit-il alors qu'il contournait sa table de travail.

— Salut Amaury !

— David Marchand a téléphoné à la première heure, il demande que tu le rappelles.

— Chez lui ?

— Oui, sans doute, puisqu'il m'a donné un numéro en 02.

— Ah… Bien… Merci Amos.

François s'assit quelque peu songeur.

Il décrocha son téléphone et composa le numéro de David.

— Salut, David. Tu me cherches, m'a dit Amaury… Ça va ?

— Tu peux venir chez moi ? J'ai à te parler.

Oh, que cette phrase ne lui plaisait pas !

Vu la sécheresse du ton employé, cela ne présageait rien de bon et lui rappelait les fois où son père le prenait entre “quatre z'yeux”.

— J'arrive. Bon, les gars, je dois m'absenter.

— Mais… t'attends pas l'identif' que tu m'as demandée ?

— T'as repiqué la photo sur ton ordi ? questionna-t-il en récupérant son téléphone.

— Oui.

XXIV

Il avait pris sa voiture personnelle pour avaler les kilomètres qui séparaient la PJ du domicile de David.

David l'attendait en haut de la dune. François éteignit son moteur et rejoignit son ami. Ils se saluèrent.

— Qu'as-tu fait à Valérie ?

David venait de le cueillir à froid.

— Quoi ?

— Ne fais pas l'innocent, François, tu m'as bien entendu…

— Mais… rien ! Je t'avais prévenu que j'avais besoin de l'entendre et… tu étais d'accord avec moi ! Tu ne t'en souviens pas ?

Ils se fixèrent pendant un moment, puis François osa demander :

— Que se passe-t-il, David ?

— Qu'est-ce qu'elle t'a dit ? Parle ! Je veux savoir pourquoi elle a fait une TS.

— Quoi ? Une tentative de suicide ? parvint à dire François, le moment de stupéfaction passé.

— Sa colocataire l'a trouvée inanimée dans sa cuisine.

— Et c'est elle qui t'a prévenu ? Comment va Valérie ?

David haussa les épaules.

— Veux-tu que je te conduise à l'hosto ?

— Non.

— Non ?

— C'est fini.

De plus en plus sidéré, François ne savait que dire.

Il se rappelait avoir brusqué un peu Valérie pour la faire parler, mais pas plus qu'il ne fallait.

Il épia David. Il faisait face à la mer, les yeux secs.

— Nous avons rompu, lâcha David sans quitter l'horizon des yeux.

François expira lentement l'air qu'il avait emprisonné dans ses poumons. Soulagé.

— Je crois qu'on devrait rentrer pour parler de tout ça, David.

— Pff !

— Allez, viens…

François le prit par les épaules et ils regagnèrent la maison de David. Une valise pleine de vêtements féminins se trouvait dans l'entrée.

— J'avais préparé ses affaires, à cette pute, dit David.

— …

— Comment t'appelles une nana qui s'est fait payer pour coucher avec d'autres, toi ?

— Ben…

— Je t'en sers un ? demanda David en montrant la bouteille de whisky.

— Un petit, alors, avec de la glace, accepta François en s'asseyant dans le canapé de son ami. Qui te l'a dit ?

— Que c'était une pute ? Julie, sa coloc' !

— Et tu la crois ? Alors que tu ne l'as jamais vue ?

David apporta les verres et se laissa tomber dans un fauteuil.

— Je sais, ça paraît complètement… invraisemblable, mais c'est comme ça. À la tienne !

— *Salute !*

Une gorgée, le temps d'apprécier le whisky, puis François dit :

— Je comprends que tu sois déçu.

— Le mot est faible !

David avala une bonne rasade. Il avait beau s'efforcer de dissimuler sa colère, on la sentait très présente, prête à exploser.

— Tu sais, j'ai eu le temps, cent fois, mille fois le temps de penser et repenser à Val, dit-il après un moment de silence. Eh bien, à force, je me demande si elle ne m'a pas roulé dans la farine depuis le début.

— Pourquoi dis-tu ça ? Parce que tu fais confiance à cette Julie ? Enfin, David…

— Ne me dis pas de réfléchir, je n'ai eu que le temps de le faire !

Le silence s'installa entre eux pendant quelques instants.

— C'est quelque chose, quand même ! Quand je prenais le parti de Val, tu l'accusais. Maintenant que je doute d'elle, tu la défends.

— Je ne la défends pas, David. Enfin… si, partiellement. Et puis, en justice, tout le monde doit bénéficier de la présomption d'innocence.

— Sauf qu'on n'est pas encore au tribunal, François.

— Je sais. On en est même encore loin, dit-il après une petite gorgée. Peu m'importe qui est Valérie, si ses sentiments pour toi sont sincères. Par contre, si elle s'est servie de toi pour que deux types puissent voler le 4x4 de ton cousin, c'est autre chose.

Nouveau silence.

— Bon, quelle est ta priorité, David ?

— Si tu me poses la question, c'est que tu connais la réponse.

— Possible, pas sûr.

Pendant plusieurs secondes, David regarda le tournoiement du whisky dans son verre.

— Si on venait à apprendre que je sors avec une pute, ma carrière en prendrait un sérieux coup…

— Probablement, oui. À moins que tu parviennes à prouver que tu ne savais rien des activités de Valérie. Elle est fichée ?

— Je n'en sais rien. Je n'avais aucune raison de vérifier son pedigree.

— Peut-être n'est-elle qu'occasionnelle ? Ou escort-girl ?

— Et ça changera quoi, maintenant qu'elle a trahi ma confiance ? Rien. Alors, laisse tomber les vérif', François. J'ai été stupide de te demander de venir.

— Non, ce n'est rien.

Encore un silence dédié à leurs réflexions personnelles.

— Tu sais, David… Je pense que le geste de Valérie a une signification.

— Le tout est de savoir laquelle.

— Je crois deviner.

— Ah oui ? fit David après un temps d'arrêt. Eh bien, vas-y, je t'écoute.

— Je ne sais pas si Valérie vend ses charmes ou pas. C'est l'ordre des choses qui m'intéresse autant que les choses elles-mêmes. Comprends-tu ?

— Oui, et là, je t'arrête tout de suite. Valérie et moi sortions ensemble avant le vol du 4x4 de Damien.

— D'accord, mais peut-être a-t-elle un lien quelconque avec tes agresseurs et Damien ?

— Alors, pourquoi aurait-elle tenté de se suicider ?

— Il n'y a qu'elle à pouvoir répondre à cette question.

— Mais tu as ton idée sur la question, hein ?

— Trahison et culpabilité, remords, répondit François avec sincérité après avoir opiné. Où se trouve-t-elle ?

— À Quimper.

XXV

Après un tour complet du parking surchargé du centre hospitalier, François finit par trouver une place.

— Tu viens ?

David déboucla sa ceinture de sécurité et ouvrit sa portière.

Ils traversèrent le parking, puis le hall et s'engouffrèrent dans un ascenseur. Grâce à la carte tricolore de François, l'accès à la chambre de Valérie leur fut facilité.

François frappa deux coups et poussa la porte. Valérie tourna la tête vers ses deux visiteurs. Mais quand elle vit David, les larmes lui montèrent aux yeux et elle se cacha le visage.

— Valérie…

— Non… je t'en prie… va-t'en !

— Je vous laisse, chuchota François à David. Tu me trouveras à la cafétéria en bas.

— D'accord.

— N'oublie pas d'enregistrer.

— C'est indispensable ?

— Oui.

Et François sortit de la chambre après avoir encouragé David d'une tape dans le dos.

Il profita de son trajet en ascenseur pour enfoncer

de discrets écouteurs à ses oreilles. Parvenu dans le hall, il se commanda un café à emporter. Il trouva un banc abrité à l'extérieur et s'y assit pour écouter ce qui se disait deux étages plus haut en espérant que David tiendrait sa promesse jusqu'au bout et n'interromprait pas l'écoute quoi qu'il arrive.

Les premières minutes furent consacrées aux retrouvailles. Douloureuses, difficiles.

Puis une certaine sérénité s'établit, propice à la confession de Valérie. Le moment tant attendu par le capitaine Paoli. Son gobelet de café entre les mains, il fixa son attention sur les paroles qui lui parvenaient via son oreillette.

C'est ainsi que Valérie confirma qu'il lui arrivait de vendre ses charmes, pour arrondir ses fins de mois. Mais avec David, cela avait été différent : elle était vraiment tombée amoureuse de lui et elle l'aimait.

La crevaison de sa roue était involontaire ; d'ailleurs, elle n'aurait jamais dû se trouver là ce jour-là. Le fruit du hasard.

Quand David aborda le sujet du 4x4, Valérie mit quelque temps avant de répondre :

— Je suis désolée, ce qui t'est arrivé est de ma faute… Mais je ne l'ai pas fait exprès, je te le jure. C'est venu comme ça, au cours d'une conversation avec Tina. Tu m'avais prévenue que tu aurais du retard ce jour-là parce que tu devais déposer Damien à l'aéroport et ensuite rentrer chez toi à bord de son 4x4…

*

À la fin du récit de Valérie – souvent entrecoupé de sanglots – François s'était fait une opinion. Excepté pour le vol du 4x4 de Damien où elle avait été complice malgré elle, Valérie n'avait joué aucun rôle dans les home-jackings précédents. Mais la pression qu'avait exercée François Paoli sur elle et sa prise de conscience d'avoir menti à l'homme qu'elle aimait, l'avaient poussée vers un acte qui aurait pu être définitif si sa colocataire ne l'avait pas trouvée à temps.

Le dialogue s'interrompit pendant un moment, puis la voix de David se fit entendre :

— J'ai quitté la chambre, je suis devant la machine à café du couloir. Je lui accorde le temps que la machine me prépare un café et je retourne la voir. Je n'aime pas ce que je suis en train de faire, mais je n'aime pas non plus ce que Val m'a fait.

Un reniflement, des bruits de monnaie, des mots : David avait pris son café et s'éloignait de la machine.

Quand il revint dans la chambre, Valérie s'était calmée. Il lui demanda de lui parler de Tina et de son entourage. Tina partageait sa vie avec Florent, un ami de Bastien, son frère. Les deux garçons s'étaient croisés lors d'un meeting des Verts Bretons, des écologistes radicaux. Mais Valérie était incapable d'en dire plus. Par contre, elle mentionna que Tina avait changé quand sa relation avec Florent s'était installée. Et elle raconta quelques anecdotes, la voix faiblissant, les paupières tombant de fatigue.

— Bien, je vais te laisser te reposer, dit David.

— Je suis vraiment désolée pour tout…

— Pas autant que moi !

Un long silence suivit ; François imagina David et Valérie s'observant. Et ce fut le bruit de la porte que l'on referme après soi. « Clic » de l'appareil qu'on éteint. Fin d'enregistrement.

*

David retrouva François et lui rendit son matériel sans un mot.

— Merci, dit François quand ils furent assis dans l'Audi. Je sais que ce n'était pas évident pour toi de le faire.

— J'ai failli éteindre ton appareil plus d'une fois.

— Je sais.

— Ah oui, j'oubliais… tu écoutais en “live” !

— Bon, on descend à La Chope, chez Marcel ?

— Si tu veux.

Dix minutes plus tard, ils poussèrent la porte de La Chope. Marcel les accueillit chaleureusement comme d'habitude et leur montra sa toute nouvelle machine à faire des hot-dogs. Les deux flics acceptèrent de servir de cobayes et s'installèrent au bar devant leur bière. Les morceaux de baguette fourrés de saucisse leur furent servis avec de la moutarde.

— Alors ? s'enquit Marcel en tronçonnant de nouveaux bouts de baguette.

— Pas mal pour boucher un petit creux, lui accorda François.

— Il faudra que tu penses au ketchup, lui suggéra David.

Marcel opina et répondit à l'appel de deux clients qui venaient d'entrer.

— Que vas-tu faire de l'enregistrement que tu as obtenu grâce à moi ? interrogea David.

— Je le garde pour moi. Je vais le réécouter, ce qui va me permettre de confronter les dires de Valérie et ceux de Tina.

François termina son hot-dog et s'essuya la bouche avant de demander :

— Et toi, que vas-tu faire ?

— Moi, rien. Je vais laisser les choses en l'état. On verra dans quelques jours…

— Sage décision.

Les hot-dogs mangés, les demis avalés, ils commandèrent deux cafés. François prit l'addition à son compte et ils sortirent.

— Tu peux me déposer près de chez Henriot ? Je prendrai un taxi pour rentrer.

— D'accord.

Pendant le trajet reliant La Chope à la faïencerie, les deux amis n'échangèrent que quelques propos sur la circulation quimpéroise.

François remonta l'Odet et regagna la PJ. Il grimpa rapidement l'escalier, pressé de faire les vérifications qu'il s'était imposées et qu'il avait notées sur un bout de papier fripé puisé au fond de sa poche.

En premier lieu : Valérie. S'il était un tant soit peu responsable de son geste, au moins qu'il sache de quoi il en retourne. Il consulta son annuaire interne et, quelque temps après, il téléphona à son homologue des mœurs. Par chance, ce dernier était disponible et accepta de faire la recherche de Paoli sur le champ.

La réponse était négative. Valérie n'était pas fichée comme professionnelle du sexe – pas plus comme prostituée qu'escort-girl – et elle n'avait jamais été ramassée par la brigade ; son casier judiciaire était vierge.

Paoli remercia son collègue et raccrocha. Soulagé par ce qu'il venait d'apprendre, il éprouva le besoin de se détendre. Pour cela, il recula son fauteuil qu'il inclina en arrière et posa les pieds sur son bureau. Les écouteurs aux oreilles, il réécouta l'enregistrement que David avait fait à l'insu de Valérie. Cette façon de faire peu orthodoxe avait au moins le mérite d'assurer la sincérité de l'entretien.

La conversation s'achevant, il appuya sur la touche d'arrêt.

Finalement, c'était sa confiance et son amitié pour Tina qui avaient joué des tours à Valérie. Elle s'était laissée embarquer dans des jeux susceptibles de lui rapporter quelque argent. Puis le hasard s'en était mêlé... avec les résultats que l'on sait.

Il se redressa. Point numéro deux : Florent, l'ami de Tina. Il allait s'attaquer à ses recherches, quand on frappa à sa porte. Tanguy Botrel passa la tête :

— Je peux te voir ?

— Entre !

— Tiens, j'ai ce que tu m'as demandé !

— Ah ! Oui... le type de l'escalier... se remémora rapidement Paoli. Alors, qui est-ce ?

— Il s'appelle Laurent Morteaux, né le 18 avril 1970. Il appartient à divers mouvements contestataires dont les Verts Bretons, une branche écologiste qui…

— J'en ai entendu parler, le coupa Paoli.

— J'ai eu l'occasion de l'interpeller trois fois dans le passé, c'est pour ça que sa tête me disait quelque chose.

— Pour quelles raisons l'as-tu arrêté ?

— Coups et blessures sur des tiers, notamment sur des forces de l'ordre, à la fin de manifs. Et dégradation de véhicules et destruction de mobilier urbain.

— Tiens, tiens…

— Et, attends un peu, je ne t'ai pas tout dit ! Les véhicules en question étaient plutôt du genre grosses berlines gourmandes en carburant, et deux 4x4 !

— Allemands ?

— Non, une Jeep Cherokee et un Nissan Patrol. Tiens, voici son casier.

— Merci. Tu as exploré son entourage ?

— J'étais en train de le faire. Tu veux les premiers éléments ou tu attends demain que je te donne le tout ?

— Je veux bien les premiers éléments.

Au terme d'une brève absence, Tanguy revint avec des documents et les lui remit.

— Rassemblement dans cinq minutes devant le tableau d'enquête, lui dit Paoli.

— D'accord, je vais prévenir les autres.

*

En attendant ses hommes, le capitaine Paoli étudia les données inscrites sur le tableau d'enquête. De nombreux points communs existaient entre les différents braquages à domicile. La participation d'une jeune femme – en l'occurrence, Tina Mars – qui, sous prétexte d'être en panne, devait repérer les lieux quelques jours auparavant, était plus que probable. La neutralisation totale des propriétaires des 4x4 par entrave des membres et bâillonnement était faite par deux hommes dont personne n'avait pu donner de signalement précis. Tous les 4x4, à l'exception des deux premiers, étaient de marque allemande. Fallait-il y voir, là, un signe quelconque ou bien était-ce un hasard ?

Parmi les nouveaux faits, on pouvait noter une certaine escalade dans la violence. On ne s'était pas contenté de subtiliser les clefs, puis les véhicules ; non, les propriétaires avaient été jetés hors de leur voiture comme les Moher ou roués de coups comme David Marchand. À signaler aussi : l'emploi d'armes ; au début, il n'était pas question d'armes, mais dernièrement, les braqueurs s'étaient servis d'un Taser et d'une arme à feu.

— Tu veux nous voir ? questionna Amaury Verdier.

— Oh ! C'est juste un petit briefing…

Le capitaine Paoli fit une synthèse de tous les éléments en leur possession. Puis il donna la parole à ses collègues.

Tanguy Botrel et Marc Renard étaient retournés voir les victimes des braquages et leur avaient montré les portraits de Tina et Valérie. Seule, Tina avait été reconnue par la plupart. Valérie avait été vue à deux occasions, mais était restée à distance.

— Vous êtes retournés à Sainte-Marine aussi ?

— Oui, moi j'y suis allé, répondit Renard. Les voisins du lieutenant Marchand ont bien vu Valérie Bonnasse dans les parages.

— Et pas Tina Mars ?

— Personne ne l'a identifiée.

— Ah… fit Paoli, quelque peu déçu. Bon ! Depuis peu, nous avons de nouveaux éléments, humains, cette fois. Il s'agit de Laurent Morteaux et de Florent Bourdain, auxquels nous rattacherons Bastien Mars, le frère de Tina. Tanguy a commencé à creuser le sujet, j'aimerais bien que tu lui files un coup de main, Marc. Je veux tout savoir sur ces deux mecs.

— D'accord, ce sera fait.

— Bon, c'est tout pour ce soir. On ferme !

XXVI

Les enquêteurs de la PJ se souhaitèrent une bonne soirée. Après une journée bien remplie, c'était ce à quoi chacun aspirait.

François Paoli fut le premier à démarrer et à s'insérer dans la circulation.

Alors qu'il patientait à un feu rouge, il se mit à réfléchir. Les questions ne manquaient évidemment pas, mais celles qui le turlupinaient le plus concernaient le braquage de chez David.

Il était convaincu que Valérie avait lâché l'information lors d'une conversation avec Tina. Soit. Elle avait dû raconter que David devait ramener un 4x4 chez lui. Mais Tina n'était jamais allée chez David. Elle n'avait pas repéré les lieux précédemment, comme chez Paul Forestier par exemple. Alors, comment les braqueurs avaient-ils opéré ? Avaient-ils piégé Valérie ? Si oui, comment ?

Le feu passa au vert. François enclencha la première et suivit le mouvement.

Ça n'avançait pas, le feu repassa au rouge.

Ou bien avait-on suivi David ? En tant que flic, il s'en serait aperçu rapidement, d'autant que la circulation était quasi inexistante dans son quartier.

L'Audi fit un mètre, puis dix et s'arrêta de nouveau.

À moins que quelqu'un ait mis un mouchard au 4x4 de Damien. Ah, ça, c'était valable comme hypothèse ! Sauf qu'en l'admettant, on en soulevait une autre qui voulait que Damien ait un "ennemi" dans son entourage et que ce quidam ait du matériel et des connaissances technologiques pour s'en servir.

Paoli secoua la tête. Autant pour la médiocrité des conducteurs qui le précédaient que pour son hypothèse farfelue. Toutes ces questions supposaient que Valérie ou Damien ou David ou les trois – pourquoi pas ? – fussent connus de l'un des malfrats. Car il fallait pouvoir les suivre à distance sans être repéré soi-même.

La circulation repartit, fluide cette fois, et Paoli franchit le carrefour. Il passa la troisième, l'Audi distança les voitures suivantes, négocia un ultime rond-point et s'engagea sur la Transbigoudène.

*

David n'était pas chez lui. François ressortit du jardin et gravit la dune. Le bateau de son ami était au mouillage, l'annexe pour y accéder était attachée à son pilier habituel.

Il composa le numéro du portable de David.

— Oui ?

— Où es-tu ?

— On est au bistrot. Tu sais lequel…

Bien sûr qu'il le savait. Il remonta dans son Audi et prit la direction du port.

Là, il abandonna sa voiture après un créneau vite fait et descendit vers la cale du bac. Il entra dans le bar et salua la patronne :

— Bonsoir Janine ! David n'est pas là ?

— Si, si, tu le trouveras au billard.

— Merci.

François passa dans la salle voisine. David était l'unique spectateur de deux joueurs dont l'un était Éric Durand. L'autre habitait Combrit, mais François avait oublié son nom.

— Salut !

— Salut François. Tu permets que je finisse ma partie ?

— Oui, oui, vas-y.

Il se posta à côté de David et regarda les dernières boules entrer dans les trous. Éric rangea sa queue de billard au râtelier, récupéra son verre sur une table voisine et le vida en trois gorgées.

— On ne t'attendait pas, remarqua-t-il.

— Non, je sais. Et je n'ai pas l'intention de rester. Mais je voulais poser une ou deux questions à David.

— Encore ! Mais... tu ne t'arrêtes donc jamais, François Paoli ?

— Ne te fâche pas, c'est pour ton affaire.

— Bon, je t'écoute. C'est quoi la question ?

— Quand tu as quitté la boutique avec Damien, as-tu remarqué si vous étiez suivis ?

— Tu sais, en ville, les bagnoles te collent au train et tu n'y fais pas plus attention que ça. C'est comme dans toutes les villes, ni plus ni moins.

— D'accord, mais une qui aurait pris la direction de Pluguffan derrière vous ?

— Je te répondrais bien la même chose, on n'était pas les seuls à se rendre à l'aéroport. De plus, c'est Damien qui était au volant, pas moi.

— Et il n'a rien remarqué ? Il ne t'a rien dit ?

— Rien.

— Et toi non plus, par la suite, sur le trajet Pluguffan-Sainte-Marine ?

— Non, sinon tu penses bien que je me serais méfié.

— Et quand t'es arrivé au bout de ta rue, t'as pas vu de voiture inconnue, un peu suspecte ?

— François, il y en a tous les jours des bagnoles que je ne connais pas au pied de la dune ! Parce que les gens ont bien le droit de venir prendre l'air et marcher sur la plage !

— Pourquoi ces questions ? interrogea Éric.

— Parce que je me demande comment les braqueurs sont arrivés jusqu'à chez David, voilà !

— Je vois…

— Au fait, David, j'y pense tout à coup… Est-ce que les noms de Laurent Morteaux, Florent Bourdain ou Bastien Mars te disent quelque chose ?

— Qui ? Tu peux répéter ?

François les lui redonna, mais c'est Éric qui répondit :

— Morteaux, oui, ça me dit, mais pas les autres. Je me souviens d'une manif… Je rentrais de mission avec un collègue… On a vu qu'il y avait du grabuge, alors on est intervenus. Normal, hein… Eh bien, je ne te dis pas le temps qu'il nous a fallu pour neutraliser ce Morteaux, ni les forces qu'on y a laissées ! Mais, finalement, on a eu le dessus et on l'a ramené à la boutique.

— Ben… si c'est toi qui l'as appréhendé…

La phrase de François resta en suspens, il ne voyait pas le lien avec David.

— Oui, mais celui qui a dressé son procès-verbal c'est lui.

Et le regard d'Éric se tourna vers David.

— Ça fait longtemps de ça ?

— Ben… la dernière manif écolo remonte à… quelques jours avant Noël dernier, il me semble. Ils étaient descendus en ville pour protester contre la surillumination du centre-ville. Après avoir défilé, ils se sont mis à jeter des pierres sur les ampoules des guirlandes électriques.

— Ah, en effet, ça me revient ! Ah oui, un sacré énervé, ce Morteaux ! Grand et musclé ! J'avais même demandé à deux gardiens de rester dans mon bureau le temps de l'auditionner.

— Donc, voilà, s'il faisait partie du gang des ampoules, comme on les a appelés à cette époque, plaça Éric, il se peut bien qu'il ait changé de cible depuis et, maintenant, il s'en prendrait aux 4x4.

— Ça a le mérite d'être dans sa logique écolo, abonda David. Voler des 4x4 pour empêcher des gens de rouler avec et polluer l'atmosphère…

— Ouais ! Bon, eh bien, je vous laisse, Pierre doit s'impatienter ! Salut !

— Salut François ! lui répondirent David et Éric.

Il remonta du port à sa voiture assez satisfait. Il tenait enfin un nom et un mobile. Quant au mode opératoire, il comptait sur Morteaux pour le lui donner quand il serait appréhendé.

XXVII

Il monta l'escalier en bois et tourna la clef dans la porte de l'antenne de la PJ quimpéroise. Il était le premier, comme très souvent. Cela ne durait guère, mais il aimait ces quelques minutes de tranquillité précédant l'arrivée de ses collègues. Il alluma son ordinateur, puis se rendit à la cuisine et prépara du café.

Pendant que l'eau passait sur la mouture, il se planta devant le tableau et y inscrivit les noms de Laurent Morteaux, Florent Bourdain et Bastien Mars. Il y ajouta ceux de Tina Mars et de Valérie Bonnasse, qu'il essuya aussitôt. Qu'il écrivit de nouveau, mais à distance des quatre autres.

Botrel, Renard et Verdier entrèrent et le saluèrent.

— Ce sont les devoirs du jour ? questionna Botrel.

— Tu ne crois pas si bien dire, Tanguy.

— Et c'est pour nous donner du courage que tu nous as fait du café ou parce que tu n'as pas eu le temps de boire le tien ?

— Les deux, Amaury. Tout le monde en veut ?

— Oui !

Le temps de passer à la cuisine et ils se trouvaient tous les quatre devant la cafetière, leur tasse à la main.

— Bon, hier soir, je vous ai demandé d'établir les pedigrees complets de nos clients… Vous vous y remettez aussitôt après votre café.

— Avec les liens qui les relient les uns aux autres aussi, sans doute…

— Si possible, oui. Allez, au boulot !

Sa dernière gorgée de café avalée, le capitaine Paoli interrogea Internet, puis s'en alla.

Il passa devant la cathédrale Saint-Corentin et s'enfonça dans le vieux Quimper.

La bâtisse en granit qui servait de siège aux Verts Bretons était enserrée entre deux magasins, celui d'un fleuriste et un commerce de produits bio. Le capitaine Paoli pressa le bouton de sonnette. Presque immédiatement, la porte s'ouvrit.

— Capitaine François Paoli, dit-il en montrant sa carte.

— Joseph Le Gall, chef de section des Verts Bretons de Quimper. Entrez, Capitaine !

Joseph Le Gall l'introduisit ensuite dans un bureau dont les murs étaient tapissés d'affiches. Certaines prônaient le retour à la nature, l'abolition des OGM, l'adoption d'énergies propres, l'emploi de modes de transports non polluants. Face à la porte d'entrée était placardé un grand portrait de lui avec José Bové devant un Mac Do.

— Asseyez-vous. Que puis-je faire pour vous, Capitaine ?

— Je voudrais que vous me parliez de Laurent Morteaux.

— Ah ! Morteaux… Qu'est-ce qu'il a fait cette fois ?

Le « cette fois » qui avait échappé à Joseph Le Gall laissait entrevoir une certaine lassitude.

— Je crains qu'il ne soit à l'origine d'une assez longue série de braquages.

— Ah ! fit monsieur Le Gall en se laissant choir dans son fauteuil. Je suppose que vous me parlez de ces 4x4 qui ont disparu ces temps derniers ?

— Exactement.

— Et vous pensez que Morteaux est impliqué dans ces vols ?

— J'en suis presque convaincu. C'est pourquoi je voudrais que vous me parliez de lui. Depuis quand fait-il partie de votre mouvement ?

— Cela doit faire quatre ans, maintenant. C'est un militant très actif des Verts Bretons qui n'hésite pas à aller au bout de ses idées. Il était faucheur volontaire aux côtés de José Bové.

— Il a été arrêté ?

— Oui, pour être placé en garde à vue. Il en était fier et le revendiquait pour se faire respecter par les nouveaux membres lors de nos états généraux.

Paoli laissa Joseph Le Gall parler pendant une poignée de minutes, puis le coupa :

— Excusez-moi de vous interrompre…

— Oui ?

— Je voudrais que nous revenions à Morteaux.

— Oui, excusez-moi.

— Quel est le fond de votre pensée, monsieur Le Gall ? Votre vrai sentiment à son égard ?

— Morteaux est peut-être un écologiste parce qu'être écolo est dans l'air du temps, mais je crois qu'il s'agit d'une façade. À chaque manifestation à laquelle il a participé, il y a eu des heurts et des bagarres. Chaque fois. Et je le déplore. Non pas que notre mouvement soit à ranger dans la case "mouvement pacifiste" à tout prix, mais nous ne sommes pas là pour tout casser systématiquement non plus. Comprenez-vous ?

— Parfaitement. En dehors de militer aux Verts Bretons, exerce-t-il une profession ?

— Oui, il est chauffeur-livreur.

— Autre chose… Est-ce que vous connaissez un dénommé Florent Bourdain ?

— Cela ne me dit rien, mais on va vérifier dans le fichier de nos adhérents.

Monsieur Le Gall se leva et se dirigea vers un classeur métallique dont il ouvrit une porte abattante. Il éplucha toutes les fiches de la lettre B et dit :

— Je regrette, Monsieur, je n'ai pas de Bourdain.

— Encore un nom, si vous permettez…

— Tant qu'on y est… Qui ?

— Bastien Mars.

— Oui. Je n'ai pas besoin de mes fiches pour lui, Bastien fait partie du bureau directeur. C'est notre trésorier. Il tient une librairie à deux rues d'ici.

— Quel genre de membre est-il ?

— C'est quelqu'un de droit. Il a beau être trésorier, il aime manifester de temps en temps. Lui, son truc, c'est la pollution de l'eau.

Et une nouvelle fois, Joseph Le Gall se montra disert.

— Eh bien, je vous remercie, Monsieur.

— À votre service, Capitaine. Tenez, je vous donne notre dernière brochure. Vous verrez, c'est très intéressant.

Sorti du vieux Quimper, le capitaine Paoli s'arrêta au Petit Corentin, un bar qu'il avait un peu fréquenté lorsqu'il traquait le tueur de SDF quimpérois. Il se commanda un café.

En frappant à la porte des Verts Bretons, il ne pensait pas qu'il en aurait autant appris sur “ses clients”. Il ne lui restait plus qu'à compléter les informations de ses hommes avec les siennes et à procéder à une ou deux arrestations.

*

Vers le milieu de l'après-midi, toute la PJ quimpéroise se réunit.

Les hommes de Paoli n'avaient pas perdu leur temps. Surtout en ce qui concernait Laurent Morteaux, celui qui apparaissait de plus en plus comme étant “le braqueur en chef”.

Ils en avaient fait un portrait très complet que les renseignements recueillis par Paoli n'enjolivèrent pas.

— On a son adresse ?

— Oui et aussi celle de son employeur.

— Ah tiens, bonne idée ! Allons voir son employeur. Qui vient avec moi ?

— Moi, répondit Amaury Verdier.

Paoli prit son Sig Sauer dans son holster et un chargeur dans le tiroir de son bureau.

— À quelle heure ferme l'entreprise ?

— 18 heures.

— Tu ne vérifies pas si Morteaux sera là-bas, François ?

— Non.

— Et s'il n'y est pas ?

— Il devrait y être. Il y a une manif des Verts Bretons prévue à Carhaix demain. Il a assuré à Joseph Le Gall qu'il serait présent. Allez, en route !

*

Paoli prit le volant. Il leur fallut une vingtaine de minutes pour atteindre leur but. Il était 17 heures 40, quelques camions étaient déjà de retour, bien alignés sur le parking du Fret Breton.

Verdier se gara à proximité du vaste hangar incluant les bureaux. Ils frappèrent à la porte du directeur.

— Entrez !

— Monsieur Bois ?

— Lui-même, répondit un sexagénaire assis à un bureau.

— Capitaine Paoli et lieutenant Verdier, police judiciaire.

— Que voulez-vous ? demanda Bois après avoir vérifié leur carte.

— Laurent Morteaux travaille toujours pour vous ?

— Oui. Mais il n'est pas encore rentré. Il m'a téléphoné tout à l'heure qu'il avait un ennui mécanique à Lorient, il ne devrait plus tarder. Que lui voulez-vous ?

— On aimerait bien avoir une petite conversation avec lui.

— Qu'est-ce qu'il a comme voiture, Morteaux ?

— La Ford qui est là-bas lui appartient, mais elle est en panne.

— Comment rentre-t-il chez lui ? Aucune ligne de bus ne vient jusqu'ici…

— En moto, Lieutenant. Elle est rangée sous le préau prévu pour les deux-roues. Voulez-vous que je vous fasse visiter l'entreprise en l'attendant ?

— Si vous avez le temps… pourquoi pas ?

Jacky Bois contourna sa table de travail et passa devant les deux policiers.

— C'est mon père qui a monté la société à la fin de la guerre, dit-il. Il a commencé avec une bétaillère, puis une estafette, puis deux. Le commerce reprenait, les gens avaient de gros besoins, il s'est trouvé au bon endroit au bon moment. Et j'ai pris sa suite.

— Les affaires sont florissantes ? Combien de camions possédez-vous ?

— Trente. Une dizaine pour l'international et les vingt autres pour le national.

— Ah ! Vous faites aussi le fret international ?

— Vers l'Europe du Nord essentiellement, oui. Ces camions-là sont tous absents jusqu'à la semaine prochaine.

— Morteaux fait du national ou de l'international ?

— Du national. À l'occasion, s'il manque un chauffeur, il fait de l'international, Belgique, Hollande, Grande-Bretagne, Irlande… sauf l'Allemagne.

Ce dernier mot fit réagir immédiatement Paoli.

— Pourquoi ?

— Parce qu'il ne comprend ni ne parle la langue.

— On peut fort bien se débrouiller en Allemagne si on parle anglais, vous savez.

— Il ne parle pas non plus l'anglais. Excusez-moi.

Jacky Bois partit voir un de ses chauffeurs qui venait d'arriver.

— Bizarre, ce Morteaux. On dirait qu'il a une dent contre l'Allemagne, remarqua Paoli.

— Ouais, comme s'il avait des comptes à régler.

Paoli sortit son téléphone et appela la PJ. Il demanda à Botrel de lui lire la fiche de renseignements établie par Verdier. Ce dernier vit son supérieur hocher la tête tout en émettant ses fameux « hon, hon ! ».

— François ! dit-il en lui donnant un coup de coude dans les côtes.

Un rapide « À plus tard ! » jeté à Botrel, et Paoli regarda dans la même direction que Verdier. Un tracteur de poids lourd était en train de se détacher de sa remorque.

— C'est lui Morteaux ! On y va ?

— Attends qu'il soit descendu de sa cabine, dit Paoli en retenant son adjoint.

Ils observèrent leur suspect à distance. Laurent Morteaux manœuvra son tracteur et le rangea en épi à la suite des autres sur le parking, prêt à démarrer pour la prochaine mission. Ils le virent se pencher dans l'habitacle comme s'il y mettait un peu d'ordre, puis prendre des bordereaux et les tendre à Jacky Bois par sa vitre baissée. Ils étaient trop loin pour entendre ce que les deux autres se disaient, mais virent le chauffeur livreur tourner les yeux dans leur direction.

Leurs regards se croisèrent.

— Il va filer, comprit Paoli. Allons-y, Amos !

Mais à peine s'étaient-ils mis à courir que l'engin fonça sur eux.

Verdier et Paoli se jetèrent chacun d'un côté pour l'éviter. Ils se relevèrent après un roulé-boulé.

Le virage de Morteaux pour éviter le hangar fit s'élever un énorme nuage de poussière qui enveloppa les deux flics. Plus exposé que son adjoint, Paoli tomba à genoux, aveuglé et désorienté.

— LES GRILLES ! FERMEZ LES GRILLES ! cria Verdier.

Malmenant sa boîte de vitesses, Morteaux fit plusieurs marches avant et arrière avant de lancer son tracteur dans une spirale terrifiante. Les rares chauffeurs qui étaient encore là rentrèrent se mettre à l'abri. Il ne restait plus que Paoli et Verdier dans l'arène infernale.

— AMAURY !

Mais le bruit du moteur couvrait la voix de Paoli et Verdier n'entendit rien.

— AMOS ! cria Paoli plus fort.

— OUI, JE SUIS LÀ ! DERRIÈRE LE FOURGON BLEU !

— JE NE TE VOIS PAS !

Amaury Verdier tira François Paoli en arrière.

— Tu es blessé, François ?

— Non, mais je n'y vois rien ! J'ai de la poussière plein les yeux ! Écoute… Il y a sûrement un point d'eau pour laver les poids lourds. Trouve-le et inonde la cour !

— D'accord.

— Et ensuite, tu appelleras la boutique pour avoir des renforts et établir des barrages.

— Compris.

Le lieutenant Verdier repéra rapidement les lieux. L'endroit où étaient entretenus les camions devait se trouver à droite du hangar. Il y courut et se planqua derrière un pan de mur. À un mètre du sol, deux arrivées d'eau. À l'une d'elles, un laveur à haute pression. Il détacha le compresseur, mais conserva le tuyau d'eau, brancha un deuxième tuyau sur l'autre. Puis il ouvrit les deux robinets en grand. L'eau commença à couler à flots, retenant la poussière au sol.

En quelques minutes, le terrain du parking fut trempé et l'air s'éclaircit.

Morteaux fut un peu surpris par la manœuvre. Il ne lui restait plus qu'une issue : la fuite ! Il positionna son véhicule face aux grilles et enfonça la pédale d'accélérateur. Les pneus patinèrent, le tracteur fit un bond en avant ; les grilles cédèrent sous la violence de l'impact.

Verdier courut derrière lui et le vit foncer vers le carrefour le plus proche donnant sur la voie express.

Leur voiture était là. Il mit la main à la poche tout en ouvrant la portière du conducteur. Et là, il réalisa que Paoli avait la clef.

— Merde ! s'écria-t-il en frappant le volant.

Il soupira fort, puis décrocha la radio et lança son appel.

*

— François ! appela-t-il en revenant au Fret Breton.

— Le capitaine Paoli est ici, lui répondit Jacky Bois de la porte de son bureau.

Amaury Verdier changea de direction et entra dans le local.

— Il est parti en direction de Lorient ?

— Comment tu sais ?

— C'est ce qu'il y a de plus près et de plus facile à attraper d'ici.

— Tes yeux… ça va mieux ?

— Non. Et puis je ne trouve plus mon téléphone.

— Reste là, je vais le chercher.

Amaury ressortit sur le parking.

Maintenant que la poussière était retombée, on pouvait voir les ornières creusées par le camion de Morteaux. Et les morceaux de tôle tordue qui avaient servi de grilles de fermeture à l'entreprise.

Il avança vers le fourgon derrière lequel ils s'étaient abrités quelques instants et en fit le tour. Rien.

Il arpenta tout l'espace de manœuvre des poids lourds du Fret Breton et revint bredouille.

— Fais mon numéro de portable, ça permettra de le localiser, lui suggéra Paoli.

— Je l'ai déjà fait mais je n'ai rien entendu. Morteaux a dû le réduire en miettes !

Fataliste, Paoli soupira.

— Tant pis, partons !

Il se leva et donna la clef de voiture à Verdier.

Au loin retentissaient les sirènes de police.

*

Ils roulaient depuis cinq minutes quand leur radio crachota. Elle leur apprit que le dispositif routier visant à sécuriser la voie express était terminé. Aucune voiture ne pouvait plus s'y engager avant Quimperlé.

— Voiture 3 pour autorité… Voiture 3 pour autorité…

— Ici autorité. Lieutenant Verdier, en équipage avec le capitaine Paoli. J'écoute !

— Ici, voiture 3, nous venons de dépasser le véhicule signalé.

— Où êtes-vous ?

— Nous approchons de l'aire de repos de la Brume Bleue.

— Très bien, nous arrivons ! dit Paoli.

— Mais… et tes yeux ? Je croyais qu'on allait aux urgences…

— Après ! Je commence à voir un peu de l'œil gauche. Allez, fonce !

Amaury sortit le gyrophare et alluma sa sirène.

Pendant ce temps, au volant de son tracteur de poids

lourd, Morteaux constatait l'allumage d'un voyant : il allait tomber en panne de carburant. Dans ses rétroviseurs, la voiture de Paoli et Verdier.

Il ouvrit un rangement de sa portière et y glissa la main.

Le voyant se mit à clignoter, Morteaux roulait à présent sur sa réserve.

Il dut s'arrêter sur la bande d'arrêt d'urgence, le prochain parking étant trop loin.

Verdier s'arrêta à distance.

Pendant une minute, il ne se passa rien ; tout le monde s'observait.

— Où est Morteaux ? interrogea Paoli qui ne voyait toujours rien.

— Dans sa cabine.

— Que fait-il ?

— Rien pour l'instant. C'est bizarre, cet arrêt impromptu.

— Je n'aime pas beaucoup ça, dit Paoli, très tendu.

— Tu penses que c'est un piège ?

— …

— Qu'est-ce qu'on fait, alors ?

— Amaury, peux-tu me dire si son moteur tourne ou pas ?

— Il semble totalement arrêté, répondit-il au bout d'un moment.

Quelques minutes s'égrenèrent, le round d'observation durait.

— On est loin de l'aire de la Brume Bleue, Amaury ?

— Un kilomètre environ. C'est pour ça que je ne comprends pas pourquoi il s'est arrêté ici, au lieu de pousser jusqu'à là-bas. Ce n'est pas malin !

— Non, à moins que… À moins qu'il n'ait plus de gasoil ! comprit Paoli. Il est en panne ! Rappelle-toi, Amaury. Bois nous a expliqué que ses camions revenaient presque à sec.

— Mais… c'est vrai ! Maintenant que tu me le dis…

— On a un haut-parleur ?

— Tu veux lui parler ?

— ON EN A UN OU ON N'EN A PAS ? s'énerva Paoli en cognant le tableau de bord.

— Oh ! Calme-toi ! Tiens, le voici, dit Verdier en lui allumant le haut-parleur.

Paoli sortit de voiture, fit quelques pas à l'aveuglette et leva l'appareil devant sa bouche.

— Morteaux ! C'est le capitaine Paoli qui vous parle ! Je sais que vous êtes en panne ! Alors, descendez de votre cabine de pilotage et rendez-vous !

Pas de réponse. Pas de mouvement.

— Morteaux ! Vous n'avez pas le choix ! Rendez-vous !

Paoli éteignit l'appareil. L'attente commença.

Le vent se leva.

Verdier sortit à son tour de la voiture.

— Qu'est-ce qu'il attend ? Le déluge ?

L'attente se prolongea. La cloche d'une église sonna. Quelque temps plus tard, la porte du camion s'ouvrit. Laurent Morteaux dégringola les marches de sa cabine, courut s'abriter à l'avant de son tracteur et commença à tirer.

Tirs imprécis, balles perdues. Deux projectiles étoilèrent le pare-brise de la voiture de police.

Tirs de Verdier. Une balle atteignit une jante, une autre le pare-chocs.

Morteaux se planqua et tira au jugé et en rafale. Il passa du côté gauche au côté droit de son camion, vit Paoli.

Verdier comprit la situation.

— FRANÇOIS, PLANQUE-TOI !

Deux coups de feu claquèrent simultanément. Deux hommes tombèrent.

*

Pendant ce temps-là, on interpellait Tina Mars, son frère, Bastien, et son petit ami, Florent Bourdain. Tous les trois furent conduits dans les locaux de la PJ et mis en garde à vue. La seule à protester fut Tina.

XXVIII

— FRANÇOIS !

Pistolet pointé sur Laurent Morteaux, Amaury Verdier bondit de sa position et courut vers François Paoli, inerte.

— François ! Merde ! s'écria-t-il en s'agenouillant près de lui.

Une auréole de sang s'élargissait sur la poitrine du capitaine Paoli.

Deux doigts sur sa carotide le rassurèrent : il était vivant.

Il extirpa son téléphone d'une de ses poches et appela des secours. Puis il retira sa veste et en recouvrit Paoli.

Il n'avait plus qu'une chose à faire : veiller sur Paoli et attendre. Il jeta un regard à Morteaux. Son corps était allongé dans une mare de sang et ses yeux grands ouverts fixaient le ciel : il était mort.

— Où êtes-vous, sacré bon sang ? Dépêchez-vous !

Verdier implorait les secours qui n'arrivaient pas. Et les minutes qui passaient lui paraissaient trop longues.

Enfin, un hélicoptère approcha.

*

Marine sortait de sa douche lorsqu'on sonna à sa porte. François arrivait enfin !

Son peignoir enfilé, elle se précipita pour lui ouvrir. Ce n'était pas lui, son sourire s'effaça.

— Marine Roussel ?

— Heu... oui...

— Je suis Amaury Verdier. Et voici Tanguy Botrel.

— Bonsoir, dit Tanguy.

Comme l'un et l'autre affichaient un air grave et qu'Amaury portait encore ses vêtements poussiéreux, elle comprit immédiatement que quelque chose s'était produit.

— François ?

— Rassurez-vous, Mademoiselle, il est vivant. On est en train de l'opérer.

— Que s'est-il passé ?

— Ce serait trop long à vous raconter maintenant. Nous sommes venus vous chercher pour vous conduire à son chevet.

— Où est son fils ?

— Chez madame Coadou. Il était prévu qu'il dorme chez elle. Mais... ne restez pas dans le couloir, entrez ! Je vais m'habiller, j'en ai pour cinq minutes.

Botrel et Verdier entrèrent et restèrent devant la porte.

Marine qui avait prévu de porter sa robe bleue pour cette soirée, la rangea dans l'armoire et enfila un jean et un chandail en jersey souple à la place.

— Je suis prête, dit-elle en chaussant ses mocassins.

Elle décrocha sa veste et suivit les deux hommes.

Assis près d'elle, à l'arrière, Amaury profita du trajet pour lui raconter les événements.

Tanguy les déposa devant l'entrée des urgences et partit se garer. Amaury entraîna Marine. Un infirmier le reconnut et s'avança au-devant d'eux. Il salua Marine puis leur annonça que l'opération venait de se terminer et que François était en salle de réveil.

Et là, tout d'un coup, les nerfs de Marine se relâchèrent. Amaury la prit dans ses bras pour la réconforter.

ÉPILOGUE

Deux semaines après son admission, François Paoli sortit de l'hôpital. Encore un peu faible, les yeux toujours sensibles et larmoyants protégés par des lunettes teintées, il s'appuya à une rampe.

Au bout de dix minutes d'attente, une voiture stoppa devant lui. Amaury Verdier lui ouvrit la portière avant droite.

— Salut, Chef ! Content de te voir dehors ! Allez, monte !

— Merci Amaury.

La voiture redémarra et quitta le parking de l'hôpital.

— Tu as su pourquoi Morteaux s'en prenait uniquement aux 4x4 allemands ?

— Non. Il a emporté ses réponses avec lui et aucun de ses complices n'a été en mesure de nous le dire.

— Ah !

— Quant à Blanchet, il est bien mort tout seul dans son 4x4. Les résultats toxicologiques confirment l'autopsie pratiquée par notre cher Séverin.

— Où allons-nous ?

— On m'a dit de te conduire à La Table Gourmande. J'espère que tu as faim, il paraît qu'on y mange bien…

— C'est vrai.

Après un trajet de quelques minutes sur la route de Concarneau, Amaury s'engagea sur le parking du restaurant où on les attendait. Ils sortirent de voiture.

N'y tenant plus, Marine se détacha du groupe et se précipita dans ses bras.

— François !

Pierre faillit la suivre, mais David le retint par l'épaule.

— Laisse-leur une minute.

— D'accord.

Moins de dix mètres les séparaient du groupe impatient de déjeuner. Mais il n'y avait qu'eux sur le parking, face à face.

— François…

— Chut ! Ne dis rien…

Ils s'enlacèrent et s'embrassèrent.

— Oui, chuchota Marine en reprenant sa respiration.

— Oui à quoi ?

— Oui à la question qui te brûle les lèvres et que tu ne m'as pas encore posée.

FIN